ti

Heb ik ooit je pad gekruist?

Ben ik ooit bij je stil blijven staan?

Heb ik je ooit opgemerkt?

Bestond je ooit?

Heb ik je ooit de voeten gewassen?

Heb ik je ooit in de ogen gekeken?

Heb ik ooit gezegd dat ik om je geef?

Samuel Lee

De migranten van zegen
Een bijbelse visie op migratie

Foundation Press is de niet-academische afdeling van Foundation University Press. U kunt de boeken van Samuel Lee bestellen via de boekhandel of door contact op te nemen met:

Foundation Press
Postbus 12429 • 1100 AK Amsterdam
office@foundationuniversity.com

ISBN: 978-94-90179-20-5

Tenzij anders aangegeven komen de bijbelcitaten uit de Herziene Statenvertaling
© 2010 Royal Jongbloed. Met toestemming gebruikt.

Vertaling van | Hannie Tijman
Ontwerp van | timmyroland.com

De migranten van zegen

Een bijbelse visie op migratie

Samuel Lee

Foundation

Amsterdam | Singapore | Berlin

Inhoudsopgave

Voorwoord

Broeder Anne
Auteur van Gods *smokkelaar*
Oprichter en oud-voorzitter van Open Doors

Vraag me nooit een kerkgebouw te openen voor migranten in een niet-toegankelijk land – een land waar vervolging heerst. Want mijn lieve vriend uit de Filipijnen, Wally, heeft dat wel gedaan. We ontmoetten elkaar in Saoedi-Arabië, waar ik van tijd tot tijd naartoe ging en sprak. Hij woonde daar natuurlijk, samen met duizenden wedergeboren christenen. Migranten!

Op een dag vroeg hij me hun nieuwe kerk te openen (ik vertel je niet waar dat was, maar het was best een grote ruimte). Ik weet me nog goed te herinneren wat er gebeurde. Ik sprak over Openbaring 17, met name de verzen 13 en 14, waarin alle machten van het kwaad zich verenigen om de strijd aan te binden met het Lam. Een op zichzelf staande kracht kan de gemeente niet doden, maar als die kwade machten zich verenigen, denken ze een kans te maken.

In mijn toespraak zei ik dat vervolging niet zozeer tegen ons mensen gericht is, maar tegen het Lam van God, Jezus, die leefde (en leeft) in ons. En dat er één ding is dat de vijand niet weet: hij zal de strijd niet kunnen winnen! Jezus zal overwinnen! Het Lam van God zal zegevieren, want Hij was (en is) Here der heren en Koning der koningen. Te midden van vervolging, niet enkel in een glorieus triomferend refrein, zullen we – let wel – zingen! Boven zullen degenen die geroepen, uitverkoren en trouw zijn, de overwinning behalen, omdat Jezus in ons was (en is).

Maar, zo zei ik, de vervolging zal niet aangenaam zijn. Er zal veel lijden komen en God zal ons troosten met de woorden: '(...) totdat de woorden van God volbracht zijn.' (Openb. 17:17) We hadden een fantastische dienst.

De volgende dag kwam de Mutawa (de religieuze politie). Ze vernielden het interieur van de ruimte, de meubels en de muziekinstrumenten. Ze arresteerden de leiders. Wally kwam in de gevangenis terecht; na een schertsproces veroordeelde een rechter hem tot de dood door ophanging, op kerstmorgen. Tijdens zijn gevangenschap ondervroegen, sloegen en martelden ze hem.

Steeds weer hoorde hij deze woorden – wellicht als antwoord op zijn wanhopige gebed: 'totdat de woorden van God volbracht zijn'. Op een donkere avond scheen er – echt magnifiek! – een helder licht in zijn cel: Jezus stond daar. Het Lam! Zijn Vriend! Halleluja! Jezus raakte hem aan. Jezus genas hem. En nadat Jezus vertrokken was, keek Wally naar zijn lichaam: zelfs de afschuwelijke littekens waren verdwenen.

Eerlijk gezegd was Wally ietwat teleurgesteld. Hoe kon hij later aan zijn vrienden bewijzen dat hij zo vreselijk gemarteld was? Is dat niet grappig? De dag voor kerst liet de regering Wally plotseling vrij. Men stuurde hem terug naar huis – het betekende het einde van zijn migrantenevangelisatie, maar beslist niet die van anderen. Gods woorden waren volbracht.

Mijn lieve vriend, mijn migrantenbroer of -zus, je weet het misschien niet, maar je bent in een specifiek land omdat Gods Woord over je leven is. Moet er een prijs betaald worden? Jazeker. Ligt er een beloning in het verschiet? Ja, beslist.

Jíj kunt helpen de woorden van God te volbrengen. Het Lam overwint, en met Hem overwinnen de migranten en allen die behoren tot het lichaam van Christus.

Inleiding

Er zijn ongeveer tweehonderdvijftig miljoen mensen die buiten hun geboorteland wonen. We noemen hen migranten. Waarschijnlijk is 33% van deze migranten christen, en misschien ben jij ook zo'n migrant. Ik weet zeker dat je een reden had om je huis te verlaten. Misschien werk je bij iemand in de huishouding. Misschien heb je politiek asiel aangevraagd, ben je een economische migrant of een oorlogsvluchteling. Of misschien heb je een andere reden die ik me niet kan indenken of die te gevaarlijk is om in dit boek te noemen. Dit boek zal je helpen begrijpen dat God je gezegend heeft – ongeacht waar je bent en wie je bent. Dit maakt je tot een migrant van zegen! Hoe ben je gezegend?

Dat ga ik je in dit boek proberen duidelijk te maken. Misschien ben je geen migrant, maar een gastheer van migranten. Je ziet dat je land een mengelmoes is van mensen met verschillende etnische achtergronden, verschillende huidskleur, godsdienst en taal. Dit boek kan je helpen begrijpen, vooral vanuit bijbels oogpunt, wat de rol van migranten in jouw samenleving is.

Voel je echter niet buitengesloten, als je geen christen bent en een ander geloof aanhangt, of als je tot geen enkele godsdienst behoort! Ook al staan de verhalen die in dit boek ter sprake komen, in de Bijbel, toch beschrijven ze de realiteit van het menselijk leven. Daarom noemt dit boek universele principes die je zullen helpen een succesvolle migrant of gastheer te worden. Of je nu komt uit de metropool Manilla op de Filipijnen, uit downtown Abuja in Nigeria of uit Kumasi in Ghana, en uiteindelijk beland bent in Europa, Japan of de Verenigde Staten – met de principes in dit boek kun je een succesvolle migrant worden en tot zegen zijn voor je gastland. In Deel I bespreek ik de rol van bijbelse migranten. Wie waren de migranten in de Bijbel? Waarom migreerden ze? Hoe zag hun leven eruit voordat ze migreerden? En hoe ontwikkelde hun leven zich? Hopelijk kun je, tussen de regels van deze schitterende bijbelverhalen door, je eigen verhaal ontdekken en ga je beseffen dat jij een moderne Abraham, Jakob, Jozef of Ruth bent.

In Deel II richt ik mij op de migranten van nu. Wie zijn het? Waarom reizen ze naar het buitenland? Wat is hun rol in Gods plan voor de verspreiding van het Evangelie wereldwijd? Wat zijn de bijbelse voorwaarden voor een migrant om gezegend te worden? Hoe moet een christenmigrant omgaan met andere culturen en gastlanden?

Tot slot, wat is de rol van het gastland en van het lichaam van Christus met betrekking tot migranten? In elk hoofdstuk, dat als een casestudy kan fungeren, wordt een land beschreven dat migranten voortbrengt.

Ik hoop dat je jouw rol in Gods Koninkrijk ontdekt door een instrument van liefde te worden en een zegen te zijn voor anderen.

Samuel Lee
Een migrant van zegen

Deel I

Migranten
in de Bijbel

De theologie
van migranten

God geeft Zelf een verklaring over migranten. Hij houdt van hen. Hij zorgt voor hen en vraagt dat ook van jou. Je kunt Gods passie voor migranten in de Bijbel samenvatten in vijf hoofdpunten:

God heeft een speciale liefde voor migranten.
Deut. 10:18

Migranten mogen niet onderdrukt worden.
Ex. 22:21; Lev. 19:33-34

Migranten moeten dezelfde rechten en bescherming hebben als ingezetenen.
Lev. 24:22; 25:35, Deut. 1:16-17; 24:17-21

Migranten moeten de kans hebben op gelijke verantwoordelijkheid.
Ex. 20:8-10; Num. 15:14-16

God veroordeelt landen die migranten onderdrukken.
Ps. 94:6; Ez. 22:7, 29

In Deuteronomium laat God openhartig Zijn liefde voor migranten zien:

"Maar alleen voor uw vaderen heeft de HEERE liefde opgevat om hen lief te hebben, en Hij heeft hun nageslacht na hen, u, uit al de volken verkozen, zoals het heden ten dage nog is. Besnijd dan de voorhuid van uw hart en wees niet langer halsstarrig. Want de HEERE, uw God, is de God der goden en de Heere der heren; de grote, machtige en ontzagwekkende God, Die niet partijdig is en geen geschenk

in ontvangst neemt, Die recht verschaft aan de wees en de weduwe, Die de vreemdeling (migrant) liefheeft door hem brood en kleding te geven. Daarom moet u de vreemdeling liefhebben, want u bent zelf vreemdelingen geweest in het land Egypte. De HEERE, uw God, moet u vrezen. Hem moet u dienen, aan Hem moet u zich vasthouden en bij Zijn Naam moet u zweren' (Deut. 10:15-20, nadruk toegevoegd).

God zei tegen de Israëlieten dat ze niet halsstarrig moesten zijn en niet moesten vergeten waar ze vandaan waren gekomen: dat ze zelf eens migranten geweest waren in Egypte. Gods liefde voor migranten let niet op wie ze zijn, op wat ze geloven of wat hun etnische achtergrond is. God houdt van migranten en Hij luistert naar hun hart als ze tot Hem bidden. Gods woorden in de Bijbel zijn ook voor vandaag. Ieder land, ieder volk, moet zich bewust zijn van zijn verleden. God wilde de Israëlieten herinneren aan hun verleden in Egypte.

In Europa was er bijvoorbeeld de Tweede Wereldoorlog – een tijd waarin mannen en vrouwen moesten vluchten, zich moesten schuilhouden en lijden. Wat Hitler deze volken aandeed, tart alle verbeelding. Toch vergeten veel Europeanen vandaag de dag – vooral regeringen en wetgevers – dat zij ooit werden onderdrukt door onrecht en de wreedheden van het kwaad; dat zij ook ooit moesten vluchten. Wat mijn hart vooral breekt, is hoe migranten soms elkáár behandelen. Discriminatie en racisme zijn niet alleen zwart-witzaken omdat die de gemoederen binnen etnische groeperingen sterk kunnen verhitten. Zo verbaast het mij als ik zie hoe mensen van verschillende stammen uit hetzelfde Afrikaanse land elkaar discrimineren. Het zorgt soms voor enorme problemen als een migrantenkind besluit met iemand van een andere stam te trouwen. Het verbaast me nog meer dat mensen met dat soort vooroordelen zich christen durven te noemen.

Ook in Europa merk ik dat migranten met dezelfde etnische achtergrond soms elkaars 'steen des aanstoots' worden; jaloezie, afgunst en toorn spelen hun dan parten. Sommige mensen met een verblijfsvergunning voelen zich als het ware verheven boven landgenoten die hier illegaal verblijven. Dit is verschrikkelijk. Hoe kun je nu respect en gelijke behandeling eisen van een gastland als je je eigen landgenoten discrimineert?

God zei tegen de Israëlieten dat ze hun verleden niet moesten vergeten. Immers, ooit waren zijzelf ook migranten in Egypte. Dit gebod van God geldt vandaag de dag voor ons allemaal.

Ten tweede eist God dat geen enkel land zijn migranten verdrukt:

'Wanneer een vreemdeling (migrant) bij u in uw land verblijft, mag u hem niet uitbuiten. De vreemdeling die bij u verblijft, moet voor u zijn als een ingezetene onder u. U moet hem liefhebben als uzelf, want u bent zelf vreemdelingen geweest in het land Egypte. Ik ben de HEERE, uw God' (Lev. 19:33-34, nadruk toegevoegd).

Als ingezetenen moeten migranten gelijke rechten hebben; ze mogen niet mishandeld worden. Dit is een gebod van God. Soms behandelen mensen migranten als derderangs burgers. Omdat ze buitenlanders zijn, krijgen ze minder betaald en hebben ze geen rechten, vooral als ze hier illegaal zijn. Dit probleem heeft een geschiedenis in Amerika; de Verenigde Staten moeten niet vergeten wat de slavernij met het land deed. Van circa 1619 tot 1865, bijna 250 jaar lang, floreerde de Amerikaanse economie als gevolg van de slavernij. Men betaalde geen loon aan een deel van zijn arbeidskrachten, waardoor de economie kon bloeien.

Stel je voor dat ik een bedrijf zou hebben met tweehonderd werknemers en dat ik hun geen loon hoefde te betalen; dat zou me heel wat geld besparen waardoor ik mijn persoonlijke rijkdom zou kunnen vergroten. Tegenwoordig zijn er een paar voorbeelden die even ernstig zijn.

Vrouwelijke migranten die in Europa in de huishouding werken, komen vaak uit de Filipijnen, Zuid-Amerika, Afrika of van elders; zij werken als au pair en zorgen voor de kinderen van de betere kringen. Maar omdat ze geen verblijfsvergunning hebben, kunnen ze zich niet verdedigen als iemand hen onrechtvaardig behandelt. Persoonlijk strijd ik voor de rechten van die migranten die soms worden behandeld alsof ze misdadigers zijn! Velen zijn onze christenbroers en -zussen. (Als jij een migrant bent en in deze omstandigheden verkeert, bid dan en wees ervan verzekerd dat God je gebeden hoort en je tranen kent.

Probeer ook te netwerken met organisaties die migranten helpen; wellicht kunnen zij jou ook van dienst zijn.)

Ten derde is de Bijbel duidelijk: gelijke rechten voor ingezetenen en migranten. Het is een bijbels gebod om migranten bij de wet te beschermen. De regering moet geen onderscheid maken bij het uitoefenen van de wet en het nakomen van gerechtigheid. Volgens de wet zijn migranten onze gelijken – een gegeven dat in de praktijk vaak wordt genegeerd. 'Voor u geldt één recht, zowel voor de vreemdeling als voor de ingezetene, want Ik ben de HEERE, uw God' (Lev. 24:22).

Tegelijkertijd moeten migranten dit gelijkheidsbeginsel niet misbruiken. Dikwijls moet ik migranten helpen die proberen misbruik te maken van het systeem. Dat soort mensen brengt een regering ertoe strenger te handhaven, wat weer gevolgen heeft voor veel onschuldige migranten die zich keurig gedragen.

Ten vierde moeten migranten kans maken op gelijke verantwoordelijkheden:

> 'En wanneer er een vreemdeling bij u verblijft of in uw midden is, al uw generaties door, moet hij een vuuroffer, een aangename geur voor de HEERE, offeren. Net zoals u doet, zo moet ook hij doen. Voor u, gemeente, en voor de vreemdeling die bij u verblijft, geldt één verordening, een eeuwige verordening, al uw generaties door: net zoals u, zo moet ook de vreemdeling voor het aangezicht van de HEERE zijn. Eén wet en één bepaling geldt voor u en voor de vreemdeling die bij u verblijft.' (Num. 15:14–16)

Migranten moeten betrokken zijn bij de maatschappelijke verantwoordelijkheden van het gastland, zodat ze de gelegenheid hebben het land te dienen waarin zij gelijke rechten hebben.

Tot slot is God er heel duidelijk over dat landen die niet migrantenvriendelijk zijn, zullen worden geoordeeld en veroordeeld, wanneer ze migranten onderdrukken. God veracht de landen die migranten onderdrukken en uiteindelijk zullen deze landen oogsten wat ze hebben gezaaid: 'Vader en moeder hebben zij bij u veracht. In uw midden hebben zij de vreemdeling met afpersing bejegend. Wees en weduwe hebben zij bij u uitgebuit' (Ez. 22:7) en 'De bevolking van het land doet niets dan afpersen, doet niets dan roven. De ellendige en arme persen zij af, en de vreemdeling buiten zij uit zonder recht.' (Ez. 22:29)

Het is duidelijk dat God de God is van migranten. Hij verdedigt migranten die lijden - migranten die zich niet kunnen verdedigen als iemand hen onderdrukt, misbruikt of benadeelt. God verdedigt hen, ongeacht ras of religie, en God let op de landen en kijkt hoe ze hun migranten behandelen. Toch vereist God dat migranten eerlijk zijn en hun gastland respecteren. Want waarom wonen ze er anders?

Soms loop ik in bepaalde wijken van Amsterdam en zie dan, tot mijn spijt, buitenlanders, vooral jongeren, die bejaarde mensen of vrouwen wreed behandelen en hen afbekken. Sommige Nederlanders mijden die buurten; bang als ze zijn om bedreigd, beroofd of lastiggevallen te worden. Dit gaat alle perken te buiten. Dit is de theologie van migranten. Dit is wat God vraagt dat wij allemaal – migranten en gastheren – over de hele wereld doen.

Beroemde migranten in de Bijbel

De Bijbel is een boek van migranten. Het staat vol prachtige verhalen van geweldige geloofsmannen en -vrouwen die ooit migranten waren. Het zijn krachtige getuigenissen van levens die een voorbeeld kunnen zijn voor velen vandaag de dag. Abraham, Jakob, Jozef en zijn broers, Mozes, het dienstmeisje van Naäman, Ruth, Ezra, Nehemia, Esther, Daniël, Jezus, Paulus en de apostelen – allemaal migranten. Elk van hen had zijn/haar eigen redenen om het thuisland te verlaten.

Jakob moest bijvoorbeeld het huis van zijn vader verlaten omdat hij zijn broer bedrogen en tegen zijn vader gelogen had. Jozefs broers bedrogen hem en verkochten hem als slaaf. Later zochten ze hun toevlucht in Egypte wegens de droogte en de honger in Kanaän. Mozes vermoordde een Egyptenaar en vluchtte. Het dienstmeisje van Naäman werd tijdens een oorlog gevangengenomen. Ruth reisde met smart omdat haar man gestorven was. Ezra, Nehemia en Esther leefden in ballingschap. Jeremia en Daniël waren krijgsgevangenen.

Wat waren het voor mensen? Waarom emigreerden ze? Waar gingen ze naartoe en hoe verging het hun daar?

De migranten van zegen

Nadat we naar al deze geweldige beroemdheden hebben gekeken, wordt duidelijk dat de omstandigheden waaronder ze hun nieuwe land binnengingen, voor elk van hen verschillend waren. Uiteindelijk zegende God het merendeel van hen, en ze werden succesvol. In dit boek bekijken we wat het geheim van hun zegeningen was. Tussen al deze bijbelse beroemdheden had Abraham een heilige taak: hij moest het land van zijn vader verlaten en naar een plaats gaan waarheen God hem zou leiden. Hij is een van de weinige mensen onder deze beroemdheden die zijn thuisland niet verliet om economische, politieke of familieredenen.

Hij ging weg omdat God tot hem sprak en hem dat opdroeg. Om die reden noem ik Abraham niet alleen de 'vader van de volken', maar ook de 'vader van alle migranten'.

In de volgende hoofdstukken analyseren we het leven van enkele van deze grootse mannen en vrouwen. Verder zullen we hun verhalen inpassen in de huidige wereldsituatie en proberen belangrijke lessen te trekken voor de gemeente van nu.

Abraham

de vader van alle migranten

Onder christenen, joden en moslims bestaat geen meningsverschil over Abraham (ook wel Abram genoemd). Allemaal beschouwen ze hem als de 'vader van alle volkeren': 'De HEERE nu zei tegen Abram: Gaat u uit uw land, uit uw familiekring en uit het huis van uw vader, naar het land dat Ik u wijzen zal.' (Gen. 12:1)

Zoals ik hiervoor al zei, wordt hij ook beschouwd als de 'vader van alle migranten' omdat hij zijn leven in de Heere begon met een reis van gehoorzaamheid en moed naar een land dat hij niet kende. Abraham was een migrant die vrijwillig het bevel van de Heere gehoorzaamde en zijn land en familie verliet. Hij was een geloofspionier die avonturen beleefde.

Het is essentieel dat we met Abraham beginnen, omdat zijn leven de grondslag vormt voor dit boek. Toen God aan Abraham opdroeg zijn geboorteland te verlaten, gaf Hij hem vier belangrijke en duurzame beloften mee. We lezen ze in Genesis 12:2-3:

> *Ik zal u tot een groot volk maken, u zegenen en uw naam groot maken; en u zult tot een zegen zijn. Ik zal zegenen wie u zegenen, en wie u vervloekt, zal Ik vervloeken (...).*

Iedereen zal door u gezegend zijn

Met deze vier beloften werd Abraham gezegend voordat hij aan zijn reis begon. Ik noem ze de zegeningen van de migrant. Ze zijn niet alleen bestemd voor de migrant Abraham, maar ook voor vele andere migranten na Abraham, inclusief de migranten van tegenwoordig. Met andere woorden: deze vier zegeningen gelden nog steeds voor hen die Abrahams nageslacht zijn, simpelweg vanwege Gods onveranderlijke zegeningen.

De migranten van zegen

Ook al reisde Abraham in gehoorzaamheid – iets waarvoor God hem zegende – toch zijn deze beloften ook bestemd voor hen die niet reisden vanwege een goddelijke roeping in hun leven, maar om andere beweegredenen. Zo moest Jakob vanwege zijn leugens zijn familie en vaderland verlaten, maar God zegende Jakob vanwege Abraham en Gods belofte aan hem. Nadat Jakob van huis was weggelopen, had hij een droom bij Bethel. God sprak daarin tot Jakob met de woorden:

'Ik ben de HEERE, de God van uw vader Abraham en de God van Izak; dit land waarop u ligt te slapen, zal Ik u en uw nageslacht geven. Uw nageslacht zal talrijk zijn als het stof van de aarde en u zult zich uitbreiden naar het westen, het oosten, het noorden en het zuiden. In u en uw nageslacht zullen alle geslachten van de aardbodem gezegend worden.'
(Gen. 28:13-14)

God zegende Jakob op grond van Zijn belofte aan Abraham. Dit is belangrijk omdat er een link is tussen God die Abraham roept om zijn land te verlaten, en Jezus die christenen vraagt de wereld in te gaan en de volken het Evangelie te verkondigen!

Beide geboden komen van God. Beide geboden propageren migratie. Omdat je door geloof een kind van Abraham bent en door Christus een kind van God de Vader, zijn de vier zegeningen, aan Abraham gegeven, nu vandaag van jou. Je kunt ze inzetten met alle gezag en macht die Jezus jou gegeven heeft. Laten we specifiek naar elke afzonderlijke belofte kijken en wat deze kan betekenen voor hedendaagse migranten als ze gepaard gaan met de kracht van de Heiland.

Ik zal u tot een groot volk maken

Toen Abraham zijn land verliet, was hij vijfenzeventig jaar oud. Hij was getrouwd met Sara, maar hun huwelijk was kinderloos. Toch had God beloofd dat Hij hem tot een 'groot volk' zou maken. Abraham was door God voorbestemd voor grootheid, hoewel hij niet veel te bieden had.

De eerste zegen voor migranten is dezelfde: migranten zijn voorbestemd om een 'groot volk' te zijn, vooral wanneer ze één zijn in Christus en besloten hebben Zijn weg te volgen. Als migrant gehoorzaam je de stem van de Heere in je leven en je gaat naar het land waar God je vraagt naartoe te gaan. En als je dan eenmaal gaat, dan weet je dat je door Zijn Geest gezegend zult worden in dat land.

Toen Abraham in het land Kanaän aankwam, stond hij stil. Hij keek naar het land, de mensen en de cultuur en hoorde de taal. Terwijl Abraham midden tussen al die Kanaänieten stond, beloofde God dat Hij hem tot een groot volk zou maken. Bovendien zei Hij dat Hij het land Kanaän aan Abrahams nageslacht zou geven. (Gen. 12:7)

Hoeveel land hadden de Kanaänieten in bezit, in vergelijking met Abrahams gezin, toen God die belofte deed? Misschien bezette Abrahams groep vijfduizend vierkante meter, maar de Kanaänieten beschikten over het hele land! En toch zei God tegen Abraham: 'Dit is van u! Hoewel u het nu niet bezit, uit u zal een volk geboren worden aan wie Ik dit land zal geven.'

God heeft bepaald dat elke door Hem geroepen migrant een geestelijke jurisdictie heeft in het land waar hij of zij naartoe is geïmmigreerd. Het is Gods wil dat die persoon daar verblijft. Als de migrant eenmaal het doel van God voor zijn of haar leven begrijpt, dan maakt God het mogelijk dat die persoon handelt met gezag en macht in dat land.

Daarom moeten de gelovigen in een gastland begrijpen dat migranten in hun land potentiële zegeningen zijn en de sleutel voor een opwekking. Ik heb vele grote Godsmannen en -vrouwen ontmoet die gehoor hebben gegeven aan Zijn roeping: ze hebben hun land in Afrika verlaten en zijn naar Europa gekomen. Wonderlijk genoeg – tegen alle verwachtingen in: geldgebrek of visumbarrières – opende God toch de deur zodat zij in de gastlanden die hen eens koloniseerden kunnen evangeliseren. Ik heb ook veel migranten ontmoet die nooit door God zijn geroepen hun land te verlaten. Zij gingen weg om persoonlijke redenen – sommigen om politieke, anderen om economische, en weer anderen om gezins- of werkgerelateerde redenen. Lang niet altijd waren zij gelovigen, maar in een vreemd land onder vreemde mensen ontmoetten ze Christus. Nu zegent de Heere hen op vele manieren. Tegelijkertijd worden ze machtig gebruikt om hun gastland voor Christus te bereiken. In het boek Jesaja lezen we een belofte voor vreemdelingen die besluiten de Heere te volgen:

De migranten van zegen

Laat de vreemdeling die zich bij de HEERE gevoegd heeft,
niet zeggen: De HEERE heeft mij geheel en al van Zijn volk
gescheiden; laat de ontmande niet zeggen: Zie, ik ben maar
een dorre boom. (...) En de vreemdelingen die zich bij de HEERE
voegen om Hem te dienen en om de Naam van de HEERE lief te
hebben, om Hem tot dienaren te zijn; allen die de sabbat in acht
nemen, zodat zij hem niet ontheiligen, en die aan Mijn verbond
vasthouden: hen zal Ik ook brengen naar Mijn heilige berg, en
Ik zal hen verblijden in Mijn huis van gebed. Hun brandoffers
en hun slachtoffers zullen welgevallig zijn op Mijn altaar. Want
Mijn huis zal een huis van gebed genoemd worden voor alle
volken. (Jes. 56:3, 6-7)

Dit is een geweldige belofte voor iedereen die ooit besloten heeft zijn land te verlaten, om wat voor reden dan ook. Als deze vreemdelingen zich voegen bij de Heere, Zijn Naam aanbidden in een vreemd land en hun leven aan Christus geven, zal God hen transformeren van een gewone migrant in een migrant van zegen.

God belooft ook dat Hij zal luisteren naar de gebeden van deze vreemdelingen. God zalft, aanvaardt en ordineert de gebeden van een migrant van zegen extra. De migranten van zegen bidden gezegende gebeden! Gezegende gebeden brengen enorm veel vrucht voort.

De eerste belofte van de Heere aan Abraham was dat Hij hem tot een groot volk zou maken. Op dezelfde manier zal Hij migranten die in Christus geloven, tot een groot volk maken! Toen bijvoorbeeld Jozefs broers in Egypte aankwamen, vormden zij slechts een kleine groep, maar God zegende hen: de Israëlieten werden een groot volk binnen een volk! Ze floreerden en vormden zo'n bedreiging voor de Egyptenaren dat Farao hen tot slaven maakte. Een migrantengelovige behoort tot het volk van de Heere. Daarom wordt de migrantengelovige door God voorbestemd om Zijn Koninkrijk in het gastland te promoten (ook wel evangeliseren genoemd). Dit betekent dat mensen door Christus verlost worden en dat het aantal geestelijke kinderen in Gods Koninkrijk toeneemt.

Dat is de reden waarom vaak een migrant aan het hoofd staat van de grootste kerken in Europa. Oekraïne heeft een van de grootste kerken in Europa. Zo'n twintigduizend gelovigen aanbidden de Heere onder leiding van een Nigeriaanse pastor, Sunday Adelaja. In het Verenigd Koninkrijk leiden pastors uit Afrika enkele van de grootste kerken. Dit komt ook voor in andere industrielanden. Een pastor, oorspronkelijk uit Suriname, staat aan het hoofd van Maranatha, een bediening die beschouwd wordt als een van de grootste kerken in Amsterdam. In de Verenigde Staten staan Afro-Amerikaanse voorgangers aan het hoofd van enkele van de grootste kerken.

Ik heb ook migrantengelovigen ontmoet die geen bediening op een kansel hebben en toch veel impact hebben op de levens van mensen in hun omgeving. In Nederland ken ik een Filippijnse huishoudelijke hulp die gebeden heeft voor enkele van haar Nederlandse werkgevers. Hoewel een van de echtparen vruchtbaarheidsproblemen had, kreeg het kinderen door haar gebeden. Deze Filippijnse dame was een migrant die zwaar werk moest doen. Toen ze op een dag ziek werd en niet voldoende verzekerd was of genoeg geld had voor de operatie, bleek ze genoeg vrienden in het gastland te hebben: al haar werkgevers, voor wie ze gebeden had, zorgden ervoor dat haar operatie betaald werd. Echt, God maakte haar tot 'een groot volk'.

Ik zal uw naam groot maken

Dit is de tweede zegen die God aan Abraham beloofde. De migranten van zegen hebben ook recht op deze grote belofte.

Toen Abraham zijn land verliet en vreemde landen binnentrok, was hij totaal onbekend. Niemand kende hem – en toch gaf God hem een grote naam en maakte Hij hem tot de 'vader van alle volken'. Ook werd hij een zegen voor anderen, niet alleen voor zijn medestamgenoten. Besef dat God een migrant van zegen voorbeschikt voor grootheid en dat hij of zij wordt gezonden om een zegen te zijn voor de mensen in het gastland.

Er is een speciale zalving op de migranten van zegen om hun gastland te zegenen. Tegenwoordig zijn er miljoenen gelovige migranten die door God gezalfd zijn om een zegen te zijn voor het land waar ze wonen. Ze moeten een instrument van liefde, zegen en zorg zijn voor hun gastland. Dit kan op velerlei wijze: door hun vaardigheden te tonen, door hun kennis aan te scherpen en hun talenten zo goed mogelijk te ontwikkelen. Als jij een migrant bent of een migrant van de tweede of derde generatie, dan moet je beseffen dat je voorbestemd bent om het land waar je woont te zegenen. Je bent in elk geval een probleemoplosser, ongeacht hoe onbeduidend dat probleem voor anderen lijkt te zijn. Ik ken een christenbroeder uit Ghana, hij heet Thomas. Thomas is schoonmaker. Zijn levensomstandigheden zijn niet zo goed; hij leeft in een moeilijke situatie in Europa, toch is hij een zegen voor zijn werkgevers. Terwijl hij huizen schoonmaakt, bidt hij voor elk gezin. Hij bidt voor hun welzijn. Hij spreekt vaak met hen en luistert naar hun problemen en noden, en op basis daarvan bidt hij voor hen. Een van zijn werkgevers was een jong echtpaar dat ontzettend graag een kind wilde, maar daarin niet slaagde.

Thomas vroeg me hen te bezoeken en voor hen te bidden omdat wij christenen geloven in de kracht van gebed. Ik zei tegen Thomas dat ik niet voor hen hoefde te bidden, maar dat hij dat zelf kon doen. Ik moedigde hem aan door hem uit te leggen dat hij een zegen was voor zijn gastland. Ik leerde Thomas hoe hij voor zijn werkgevers moest bidden en hun vertellen over de genezende kracht van Jezus Christus. En dat deed hij. Een jaar later had het echtpaar een prachtig zoontje. Ze waren God dankbaar en Thomas, een eenvoudige migrant die in Nederland woont. En dit gebeurde allemaal omdat een migrant voor zijn werkgevers had gebeden. Hij toonde hun de onvoorwaardelijke liefde van Christus.

Ik zal zegenen wie u zegenen

Dit is het belangrijkste element van de zegen van de migrant. Het is cruciaal omdat er twee partijen bij betrokken zijn. De een is de migrant van zegen, in dit geval Abraham; de ander bestaat uit de inwoners van het gastland, met name de gelovige inwoners. 'Zegenen wie u zegenen' is als een opwaartse spiraal. De autochtone gelovigen zegenen de migrantengelovigen, en op hun beurt zegenen de migranten het gastland en de kerk. Als conferentiespreker en evangelist reis ik naar verschillende landen in Europa. Eén ding dat me opvalt – en dat me pijn doet - is dat er in de meeste gevallen geen vriendschap is tussen migrantenkerken en autochtone kerken. Zo ontmoette ik bijvoorbeeld een groep vrouwelijke gelovigen uit de Filippijnen. Zij hadden met een pastor een gemeente gesticht die elke zondag bijeenkwam in een bepaald Europees land. Nu groeiden ze sneller dan de gemiddelde autochtone kerk. Reden waarom ze op zoek waren naar een geschikt gebouw om daarin hun diensten te houden. Ze namen contact op met diverse autochtone kerken met de vraag of ze hun gebouw een paar uur lang op zondag konden huren. Wat waren de reacties?

Bijna negentig procent van de autochtone kerken zei: 'We erkennen jullie niet als kerk, maar zien jullie als een genootschap.' Andere kerken reageerden: 'Ons gebouw is beschikbaar voor jullie genootschap als je besluit lid te worden van onze kerk en 's morgens onze diensten bijwoont. Dan kunnen jullie hier 's middags je eigen samenkomst houden.'

Verborgen arrogantie en discriminatie moeten uit de kerk verdwijnen. Gelovigen uit ontwikkelingslanden zijn heel vaak slachtoffer hiervan, als ze eenmaal in een ander land wonen. De situatie wordt in sommige landen beter, zoals in Engeland en Nederland. Maar in andere is er nog steeds werk aan de winkel.

Ik reisde eens naar een Europees land waar ongeveer vijfhonderd gelovigen een christelijk congres bijwoonden. De congresgangers waren allemaal blank. Maar toen ik in die stad op straat liep, zag ik veel migranten: mensen uit India, Ghana, Sri Lanka, Nigeria en veel andere landen. Later vroeg ik de dienstdoende pastor of ze kennis hadden genomen van de migrantenkerken in die stad. Hij reageerde erg kil. Ik kreeg de indruk dat hij niet wilde erkennen dat er gelovige migranten in de stad waren en dat ze samenkwamen in getto's, in flatgebouwen, in kelders van vervuilde garages of op parkeerterreinen. Dit maakte me verdrietig!

Het zegenen van de migranten en het een zijn met hen zijn factoren die de kerk in het gastland zegenen en haar doen bloeien. Migranten vormen een heel fragiele groep in de samenleving. Het is de plicht van de kerk om zich naar deze migranten uit te strekken en hen te zegenen. Als je een christen bent in een gastland, strek je dan uit naar de migranten in je woonplaats. Denk aan het verhaal waarin Jezus naar Jeruzalem komt en de tempel binnengaat. Woedend zag Hij dat de kooplui duiven en andere artikelen verkochten in de voorhoven van de tempel. Hij keerde de tafels van de geldwisselaars om en zei: 'Mijn huis zal een huis van gebed genoemd worden voor alle volken.'

De migranten van zegen

Jezus citeerde hier uit Jesaja 56. Waarom zou Jezus dat zeggen? Wat is het verband tussen Zijn woede en het gebed voor de volken?

In die tijd reisden Joden uit verschillende delen van de wereld naar Jeruzalem om het Pascha te vieren en de godsdienstige feesten tot de dag van het Pinksterfeest. Van de inheemse joodse leiders en het godsdienstige systeem mochten die migrantengelovigen bepaalde delen van het tempelterrein niet betreden, en ook de tempel zelf niet. Wel mochten geldwisselaars zaken doen in de voorhoven. Dit brak het hart van de Heiland en het maakte Hem boos. En vergeet ook niet dat de eerste mannen die op de Pinksterdag zagen dat de Heilige Geest werd uitgestort op de discipelen, migranten waren uit Perzië, Arabië en vele andere landen. Petrus hield zijn eerste preek voor migranten, dezelfde mensen die wegens het godsdienstige systeem de temple niet mochten binnengaan.

De Bijlmer is een getto in Amsterdam-Zuidoost. Bij mijn weten wonen daar vijfenvijftig verschillende nationaliteiten. Mensen uit Afrika, met name uit Ghana en Nigeria, zijn daar goed vertegenwoordigd. Als je in de Bijlmer op straat loopt, heb je het gevoel dat je in een Afrikaans land bent. Net als in ieder ander getto tiert de misdaad er welig; er zijn berovingen, schietpartijen en moorden.

Desondanks kent de Bijlmer de grootste concentratie pinkstergemeenten in Nederland, en misschien zelfs in West-Europa. Er zijn ten minste honderdvijftig gemeenten met gemiddeld op zondag tussen de dertig en driehonderd aanwezigen. Deze gemeenten bestaan uit migranten uit Ghana, Nigeria, Suriname en de Filippijnen. Ook komen er mensen uit Nederlandse kerken. De leden zijn migranten die naar Europa gekomen zijn om werk te vinden of zich te voegen bij een gezinslid dat er al woonde.

Wie Nederlands spreekt, haalt gemiddeld hooguit het minimumloon; niet iedereen heeft een legale verblijfsvergunning voor Europa. Toch is er een opwekking gaande onder hen; ze zijn verliefd op Jezus en vertrouwen op God. Als ik op een vrijdagavond door de straten in deze buurt loop, hoor ik muziek, drums en biddende gelovigen. Het zijn bijna allemaal migranten. Zoals gezegd, er zijn honderdvijftig gemeenten en toch heeft nog geen tien procent de beschikking over een passend kerkgebouw. Ze maken gebouwen van hout met minieme veiligheidsvoorzieningen en houden daar hun diensten.

Recent is de situatie in de Bijlmer aan het veranderen. Zelf heb ik ook meer dan vijf jaar in dit soort moeilijke omstandigheden mijn bediening uitgevoerd. Op zondagen stonk het tijdens de dienst vanwege de afvalberg ernaast, of het dak lekte terwijl ik mijn preek hield. Ondanks de slechte conditie van het gebouw heb ik met mijn bediening vijfentachtig volken weten te bereiken vanuit een stinkend, houten gebouwtje. God zegent ons echt. Terwijl deze migrantengelovigen hun diensten houden in stinkende, lekkende gebouwtjes, hebben veel nationale kerken buiten Amsterdam-Zuidoost het genot van een comfortabel gebouw.

De autochtone kerken zouden hun handen moeten uitstrekken naar de migrantenkerken en hen zegenen met alles wat in hun macht ligt om de abrahamitische belofte te vervullen: 'Wie u zegent, zal Ik (God) zegenen.'

Een speciale boodschap voor jou

Abraham deed gehoorzaam wat God van hem vroeg: hij ging op reis en omdat hij een leven van gehoorzaamheid en geloof leidde, werd hij gezegend overal waar hij naartoe ging. Als jij een migrant bent en je afvraagt waarom je bent waar je bent, ga dan je leven onderzoeken. Doe je best gehoorzaam te zijn aan wat God in je hart gelegd heeft. Abraham was een migrant die gemakkelijk past in het profiel van de Grote Opdracht. Abraham moest zijn land verlaten omdat God dat van hem vroeg. Tegelijkertijd roept Jezus Christus elke christen op tot iets soortgelijks: 'Ga dan heen, onderwijs al de volken, hen dopend in de naam van de Vader en van de Zoon en van de Heilige Geest, hun lerend alles wat Ik u geboden heb, in acht te nemen. En zie, Ik ben met u al de dagen, tot de voleinding van de wereld' (Matt. 28:19-20).

Het geheim waardoor je een migrant van zegen kunt zijn, begint met het vertellen van het Evangelie aan de mensen in je buurt, vooral aan degenen uit je gastland. Stel prioriteiten in je migrantenleven. Dit is de basis van de abrahamitische zegen. Ook zei Jezus:

Daarom zeg Ik u: Wees niet bezorgd over uw leven, over wat u eten en wat u drinken zult; ook niet over uw lichaam, namelijk waarmee u zich kleden zult. Is het leven niet meer dan het voedsel en het lichaam meer dan de kleding?

De migranten van zegen

Kijk naar de vogels in de lucht: zij zaaien niet en maaien niet, en verzamelen niet in schuren; uw hemelse Vader voedt ze evenwel; gaat u ze niet ver te boven? Wie toch van u kan met bezorgd te zijn één el aan zijn lengte toevoegen? En wat bent u bezorgd over de kleding? Kijk naar de lelies in het veld, hoe ze groeien; ze werken niet en spinnen niet; en Ik zeg u dat zelfs Salomo in al zijn heerlijkheid niet gekleed ging als één van deze.

Als God nu het gras op het veld, dat er vandaag is en morgen in de oven geworpen wordt, zo bekleedt, zal Hij u niet veel meer kleden, kleingelovigen? Wees daarom niet bezorgd en zeg niet: Wat zullen wij eten? of: Wat zullen we drinken? of: Waarmee zullen wij ons kleden? Want al deze dingen zoeken de heidenen. Uw hemelse Vader weet immers dat u al deze dingen nodig hebt. Maak zoek eerst het Koninkrijk van God en Zijn gerechtigheid, en al deze dingen zullen u erbij gegeven worden. Wees dan niet bezorgd over de dag van morgen, want de dag van morgen zal voor zichzelf zorgen; elke dag heeft genoeg aan zijn eigen kwaad. (Matt. 6:25-34)

Ongeacht wat je doet of in wat voor soort omstandigheden je leeft – rijk of arm, wel of niet geregistreerd, met visum of zonder visum – doe je best om gehoorzaam te zijn aan het Woord van God en vertel anderen over de onvoorwaardelijke liefde van Jezus Christus. Zoek Zijn Koninkrijk, en Hij zal voor je zorgen.

Op een keer bezocht ik een groep ongeregistreerde migranten. Ze woonden in een kelder van een oud fabrieksgebouw. Maar toen ik naar hen keek, huilde ik van blijdschap omdat ze zo liefdevol en vriendelijk waren. Ze maakten zich geen zorgen over wat ze zouden eten, drinken of aan kleding dragen. Ze richtten zich op het Evangelie. Ze vertrouwden op Gods Geest.

Jij kunt net zo zijn als zij, als je je vertrouwen stelt op Gods Woord en als je Gods liefde met anderen deelt. Dit is je eerste stap om een migrant van zegen te worden. Zoals Abraham.

Jakob

een geniepige migrant

In tegenstelling tot het verhaal van Abraham kwam Jakobs motivatie om op reis te gaan niet voort uit gehoorzaamheid aan Gods Woord, maar uit een levensstijl die bol stond van bedriegerij. Hij vluchtte eenvoudigweg omdat hij zijn broer en zijn vader had bedrogen. Jakob bedroog zijn broer Ezau door handig zijn eerstgeboorterecht te stelen. In die tijd iets heel kostbaars.

> Toen die jongens groot werden, werd Ezau een man, ervaren in de jacht, een man van het veld. Jakob echter was een oprecht man, die in tenten woonde. Izak had Ezau lief, omdat hij graag wildbraad at; Rebekka daarentegen had Jakob lief.
>
> Eens had Jakob soep gekookt, toen Ezau uit het veld kwam en moe was. Toen zei Ezau tegen Jakob: Laat mij toch slurpen van dat rode, dat rode daar, want ik ben moe. Daarom gaf men hem de naam Edom. Toen zei Jakob: Verkoop mij dan eerst je eerstgeboorterecht. Ezau zei: Zie, ik ga toch sterven; wat moet ik dan met het eerstgeboorterecht? Toen zei Jakob: Zweer het mij eerst. En hij zwoer het hem. Zo verkocht hij zijn eerstgeboorterecht aan Jakob. Toen gaf Jakob Ezau brood, met de linzensoep. Hij at, dronk, stond op en ging weg (...). (Gen. 25:27-34)

Jakob maakte simpel misbruik van zijn broer door hem op dat moment te verleiden en door hem met een eed te laten zweren dat hij afstand zou doen van zijn eerstgeboorterecht. Aan de andere kant was Ezau zo zwak dat hij zijn tijdelijke honger niet langer kon verdragen.

Soms raken mensen in situaties verzeild waarin ze zwak zijn en onmiddellijk hulp nodig hebben. Daarom zijn ze bereid alles te doen om hun problemen op te lossen, ongeacht de gevolgen. Laten de moeiten van het leven jou er niet toe brengen anderen te manipuleren die jou zouden kunnen uitbuiten.

Jakob deed hetzelfde met zijn eigen vader, zoals beschreven staat in Genesis 27. Hij bedroog zijn vader en zorgde ervoor dat zijn vader hem de zegen gaf die bedoeld was voor Ezau. In die dagen was het zo dat als iemand eenmaal de zegen had uitgesproken, hij die met geen enkele mogelijkheid terug kon nemen. Dat was de kracht van het gesproken woord. Na het bedriegen van zijn vader wist Jakob dat zijn broer hem zou vermoorden. Jakob vluchtte om zijn hachje te redden. Zo werd Jakob een migrant; hij had geen goddelijke roeping.

Maar waarom erkende God Jakob nog steeds – Jakob, een geniepige migrant? Daar zijn veel redenen voor. Een ervan is dat God een belofte had gedaan aan Abraham, de grootvader van Jakob, en aan Izak, de vader van Jakob, om hun nageslacht te zegenen. En God verandert Zijn beloften nooit. Ongeacht hoeveel beloften God heeft gegeven, ze zullen allemaal uitkomen. Niet omdat je goed bent en heilig, maar omdat God van je houdt. Zijn belofte aan Zijn kinderen faalt nooit.

Ten tweede kende Jakob toen een geheim dat zelfs hedendaagse christenen niet ten volle in de praktijk toepassen – de kracht van het gesproken woord. Waarom zou Jakob zijn broer en zijn vader bedriegen voor enkel een paar zegenwoorden? Hij was niet uit op de rijkdom of de positie. Jakob bedroog hen omdat hij waarde hechtte aan het gesproken woord dat uit zijn vaders mond kwam. Hij wist dat als die woorden eenmaal gesproken waren, er geen weg terug meer zou zijn. Jakob stelde zijn vaders mondelinge zegen op prijs; Ezau nam die niet au sérieux, anders zou hij de zegen niet hebben ingewisseld voor een kom soep toen hij trek had.

Net als Jakob moet je de zegen van de Vader op prijs stellen – de zegen die je gegeven wordt door Jezus Christus. Er zijn twee soorten mensen in de wereld: zij die alles doen om vast te houden aan het woord van de Vader en Zijn beloften, en zij die ze inwisselen voor de onmiddellijke oplossingen.

Het verhaal van het zuiden en het westen

Het verhaal van Jakob en Ezau doet me denken aan de tijd van de kolonisatie. Eeuwen geleden reisden veel zendelingen naar delen van de onbekende wereld om het Evangelie te verkondigen aan hen die het nog nooit gehoord hadden. Maar gaandeweg viel hun blik op het goud, de diamanten en andere rijkdommen van die gebieden. Plotseling veranderde de heilige roeping in een commerciële roeping. Zij begonnen de inboorlingen om te kopen en hen uit te buiten. En net zoals Ezau zijn eerstgeboorterecht verkocht, verkochten de volken in het Zuiden hun eerstgeboorterecht aan de Europeanen.

Er waren opperhoofden in Afrika die hun Afrikaanse broeders verkochten aan de blanken om geweren te krijgen. Zij konden natuurlijk niet weten dat dit het begin was van de verkoop van Afrika aan anderen en van een andere verdorven episode van slavernij in onze geschiedenis. De westerse landen waren precies als Jakob, die van zijn broer profiteerde voor diens eerstgeboorterecht. Zij moordden, beroofden het land van zijn natuurlijke rijkdommen, deelden de grond op en maakten de inwoners uiteindelijk tot hun eigen slaven.

Wie kaatst moet de bal verwachten

Jakob bedroog zijn vader door misbruik te maken van diens slechte gezichtsvermogen. Toen hij als migrant in Paddan-Aram arriveerde en zijn nicht Rachel ontmoette, werd hij verliefd op haar. Laban – Rachels vader en Jacobs oom – beloofde Jakob dat deze na zeven jaar voor hem gewerkt te hebben met Rachel zou mogen trouwen.

Zeven jaar lang diende Jakob zijn oom Laban in de hoop daarna met Rachel te trouwen, maar Laban bedroog hem. En op wat de trouwdag van Jakob en Rachel had moeten zijn, vermomde Laban zijn oudere dochter Lea die fletse ogen had (Gen. 29:17) en liet haar met Jakob trouwen. Net zoals Jakob het verminderde zicht van zijn vader misbruikte, zo werd hij nu in een huwelijk gelokt met een vrouw met fletse ogen. Alles wat je doet heeft gevolgen in het leven; wie kaatst moet de bal verwachten.

De migranten van zegen

Vandaag de dag vestigen duizenden migranten – sommigen de zoons en dochters van voormalige slaven – zich in het Westen. Sommigen komen om het Evangelie te verspreiden, anderen komen om economische of politieke redenen, maar ze blijven komen. Ze maken hier gebruik, en soms zelfs misbruik, van de maatschappelijke infrastructuur en uitkeringen. Dit irriteert veel westerlingen misschien, maar laten we niet vergeten dat dit is vanwege de dingen die eeuwen geleden gebeurd zijn.

Ooit waren ook de westerlingen migranten in die landen. Helaas brachten ze ergere dingen toe aan de inwoners daar dan sommige migranten nu in hun landen doen. Het Westen kan niet domweg zeggen dat het vol zit en dat men het zich niet kan veroorloven voor meer mensen in hun land te zorgen.

Toen men Afrika of de Filippijnen koloniseerde, is er toen toestemming gevraagd? Het Westen deed het gewoon zonder een ogenblik over de gevolgen na te denken. Om die reden moeten we hun gastvrijheid betonen, als mensen uit die landen nu naar ons toe komen. Ik heb iets belangrijks opgemerkt: de christenen uit die kolonies immigreren nu naar het land dat hen koloniseerde, met het doel de levensveranderende boodschap van Jezus Christus te brengen.

Zij prediken de boodschap die dat land ooit, eeuwen geleden, aan hen probeerde te verkondigen. Er zijn bijvoorbeeld vele Indonesiërs in Nederland die hier een succesvolle bediening hebben; zij strekken zich uit naar het Nederlandse volk dat ooit probeerde hun het Evangelie te verkondigen, maar daarin slechts deels slaagde.

Mensen uit Suriname vallen in dezelfde categorie. Er zijn veel Surinaamse kerken die zich uitstrekken naar de Nederlanders. Naar Nederlandse maatstaven zou je ze zelfs 'megakerken' kunnen noemen. Groot-Brittannië koloniseerde Nigeria, en tegenwoordig gebruikt God Nigeriaanse gelovigen om het Britse volk te bereiken. Ooit koloniseerde Japan Korea; vandaag de dag zijn er in Japan veel Koreaanse migranten, die het Evangelie brengen aan de Japanners.

Daarom moeten de westerlingen berouw hebben van de dingen die hun voorvaders deden, en vervolgens moeten ze hun migrantenbroeders en -zusters omhelzen en hen helpen. De reden achter de gevallen van criminaliteit en slachtoffers onder de migranten in het Westen is dat wie kaatst de bal moet verwachten. Deze cirkel kan alleen doorbroken worden als gelovigen in de gastlanden migranten liefhebben en voor hen zorgen, en gastvrij zijn voor migrantengelovigen.

Jacob worstelde met God

Er kwam een tijd in Jakobs leven dat God hem moest aanpakken om van hem een beter iemand te maken. Om hem te veranderen van een geniepige migrant in een migrant van zegen.

Diezelfde nacht stond hij (Jakob) op, nam zijn twee vrouwen, zijn twee slavinnen en zijn elf kinderen, en stak de doorwaadbare plaats van de Jabbok over. Hij nam hen mee en liet hen de beek oversteken. Alles wat hij had, liet hij oversteken.

Maar Jakob bleef alleen achter, en een Man worstelde met hem, totdat de dageraad aanbrak. En toen de Man zag dat Hij hem niet kon overwinnen, raakte Hij zijn heupgewricht aan, zodat het heupgewricht van Jakob ontwricht raakte toen Hij met hem worstelde. En Hij zei: Laat Mij gaan, want de dageraad is aangebroken. Maar hij zei: Ik zal U niet laten gaan, tenzij U mij zegent. En Hij zei tegen hem: Wat is uw naam? En hij antwoordde: Jakob. Toen zei Hij: uw naam zal voortaan niet meer Jakob luiden, maar Israël, want u hebt met God en met mensen gestreden, en hebt overwonnen. Jakob vroeg daarop: Vertel mij toch Uw Naam. En Hij zei: Waarom vraagt u naar Mijn Naam? En Hij zegende hem daar.

En Jakob gaf die plaats de naam Pniël. Want, zei hij, ik heb God gezien van aangezicht tot aangezicht, en mijn leven is gered. En de zon ging over hem op, toen hij door Pniël gegaan was; hij ging echter mank aan zijn heup. Daarom eten de Israëlieten tot op deze dag de heupspier niet, die zich boven het heupgewricht bevindt, omdat Hij het heupgewricht van Jakob bij de heupspier had aangeraakt.' (Gen. 32:22-32)

Nadat iedereen de rivier was overgestoken, was Jakob alleen. Die hele nacht worstelde God met hem, maar Hij kon Jakob niet overmeesteren. De strijd bleef onbeslist.

Ook geloof ik dat God met ons allemaal worstelt, maar God wil niet met geweld winnen. Hij heeft je een vrije wil gegeven, en vanwege je vrije wil kan Hij je niet dwingen. Hij kan met je worstelen, maar dwingt je nooit. Het leven is een kwestie van keuzes, en wat je kiest bepaalt de richting van je leven.

Landen kunnen ook keuzes maken die de loop van hun geschiedenis bepalen. Zo besefte Jakob dat God met hem worstelde om hem te veranderen – van een zwervende migrant (Jakob) in een migrant van zegen (Israël).

Ik geloof dat Jakob het Westen voorstelt en dat God nu worstelt met het Westen. God wil de confrontatie met het Westen aangaan en het laten weten dat niets wat het bezit – aan technologie, wetenschap, rijkdom, infrastructuur of reputatie – kan concurreren met God en Zijn plannen met het Westen. Zolang het Westen probeert de worstelwedstrijd met God te winnen, zal de situatie slechter worden: wereldwijd zal het terrorisme toenemen, er zullen oorlogen, sociale onrust en etnische spanningen zijn. Als het Westen zich vernedert en zich door God laat zegenen, net zoals Jakob deed, dan zal Christus, de Zoon der gerechtigheid, veel van 's werelds wonden genezen.

Wees eerlijk tegenover elkaar. Herinner je wat er in het verleden is gebeurd en heb berouw. Misschien heeft de moderne, hightech generatie van het Westen niet genoeg tijd om zich te herinneren wat er in het verleden is gebeurd, maar God herinnert het Zich wel. Hij is de folterkastelen in Ghana niet vergeten waar slaven vast werden gehouden – dagenlang, wekenlang, maandenlang – in afwachting van hun export als voorwerpen. Daar werden ze door de verkopers vernederd, gefolterd, verkracht en gedood, enkel omdat een groep agressieve migranten hun land wilde en hun rijkdommen. God is nooit vergeten dat het Spaanse leger, onder de priesterlijke zegen, duizenden Indianen vermoordde in Midden- en Zuid-Amerika. Enkel en alleen omdat de kolonisatoren hen als heidenen beschouwden. Ik geloof dat de oorzaak van de hedendaagse armoede te vinden is in die donkere dagen van het westerse kolonialisme.

Het vergoten bloed van veel Afrikanen maakte deels het succes van het Westen mogelijk; de niet-gehoorde kreten van veel moeders, vaders, dochters en zoons in de slavernij. Ook tijdens de Koude Oorlog steunde het Westen de moslimlanden zonder de godsdienst achter de regimes te begrijpen – het enige waar het op uit was, waren medestrijders.

Nu plakt het Westen de moslimlanden gemakkelijk het etiket 'agressief' op, maar het is de wreedheden vergeten die gepleegd werden in de Naam van Jezus, de Bijbel en de gemeente. Zou het moslimterrorisme kunnen voortkomen uit honderden jaren van frustratie, onwetendheid, haat en woede? Wat moeten de christenen in het Westen doen? Bidden voor de migranten! Ze moeten de migranten ook dienen in hun land, ongeacht de godsdienst die de migranten aanhangen.

Zij moeten hen liefdevol omhelzen en luisteren naar hun verhalen, voordat ze hen kunnen beoordelen. Ze moeten hun het Evangelie brengen met hun daden, en niet enkel met hun woorden. Alleen de liefde van Christus kan woede en haat doen smelten tot een kaars van hoop en liefde.

Een speciale boodschap voor jou

Het verhaal van Jakob kan iedere migrant inspireren. Ook al was Jakobs motivatie om te emigreren niet zuiver, op een bepaald moment in zijn leven gaf hij zich aan God over en had berouw over zijn zonden. Vanaf dat moment veranderde hij in een migrant van zegen. Misschien heb jij een levensstijl gehad die lijkt op die van Jakob. Je hebt issues en problemen gehad in je verleden, waardoor je niet eerlijk bent geweest tegenover anderen. Het doet er niet toe wat je gedaan hebt. Iedereen maakt fouten. Soms schaden die fouten jou en de mensen om je heen. Maar God kan je helpen je leven te veranderen.

Het enige wat je moet doen is berouw hebben en God vragen om vergeving voor wat je verkeerd hebt gedaan. Sommige migranten bijvoorbeeld bedriegen graag het bijstandssysteem van de gastregering, ze krijgen bijstand en hebben stiekem een baan. Door zo te handelen eten ze van twee walletjes. Andere migranten maken zelfs misbruik van medemigranten door hun geld te lenen tegen hoge rente, of door tegen een heel hoge huur kamers te verhuren aan migranten zonder verblijfsvergunning. Dit is regelrecht misbruik.

De migranten van zegen

Ik hoop en bid dat niemand van jullie die dit boek lezen, zich heeft schuldig gemaakt aan iets dergelijks. Zo wel, dan is er altijd een kans dat je berouw hebt en verandert. Vergeet niet dat wie kaatst de bal moet verwachten. Hoe je anderen behandelt, is hoe je zelf eens zult worden behandeld. Heb je onenigheid gehad met je ouders voordat je vertrok? Heb je fraude gepleegd? Heb je misbruik gemaakt van mensen voor je eigen gewin? Bedrieg je de regering van je gastland? Denk daar eens over na. Als dat het geval is, heb dan berouw daarover en God zal je helpen om van een geniepige migrant te veranderen in een migrant van zegen.

Jozef

een vergevende migrant

Het leven van Jozef is een fantastisch voorbeeld en een bemoediging voor miljoenen migranten over de hele wereld. Hij was een fantastische migrant. Jozefs reis begon met twee belangrijke dromen die hij als jongen had. In zijn dromen toonde God hem het lot dat hem te wachten stond. De twee dromen en de speciale liefde die Jakob had voor zijn zoon Jozef maakten Jozefs broers jaloers.

Op een dag stuurde zijn vader hem op pad om te zien hoe het met zijn broers ging; ze waren elders de kudde aan het hoeden. Jozef wist niet dat dit de laatste keer was dat hij zijn vader zou zien. Zijn broers bedrogen hem namelijk. Zodra ze hem zagen, vielen ze hem aan, scheurden zijn mantel in stukken, gooiden hem in een put. Uiteindelijk verkochten ze hem aan een groep Ismaëlieten die hem als slaaf meenamen naar Egypte. Eenmaal in dat land werd hij geslagen en verraden. Hij werd emotioneel en fysiek misbruikt. (Zie Genesis 37.)

Vandaag de dag zijn er veel migranten die hun land hebben verlaten omdat ze verraden zijn door familieleden, vrienden of de politieke of godsdienstige leiders van hun land. Ik heb hier in Europa migranten ontmoet die zware trauma's hebben opgelopen omdat zij hun moeder, vader of andere familieleden op een wrede, barbaarse manier hebben verloren. Genociden in Afrika hebben ertoe geleid dat miljoenen mensen hun heil zoeken in buurlanden. Sommigen van hen arriveerden in Europa met emotionele bagage: bittere herinneringen en wrede tragedies.

Wat gebeurde er in Egypte?

Later verkochten de Ismaëlieten Jozef aan Potifar. Volgens de Bijbel ging het Jozef goed in die tijd. God zegende hem en liet hem slagen in alles wat hij deed. Zelfs bij zijn heer stond hij in een goed blaadje en deze vertrouwde hem al zijn bezittingen toe. (Gen. 39:3-5)

Omdat Jozef 'mooi van gestalte' en knap was, voelde Potifars vrouw zich tot hem aangetrokken en ze wilde met hem naar bed. Maar Jozef bleef weigeren. Dit wekte de woede op van Potifars vrouw. Ze beschuldigde Jozef ervan dat hij geprobeerd had haar te verkrachten. Daardoor kwam Jozef in de gevangenis terecht. Maar in de Bijbel staat dat God hem zelfs op die plek zegende en dat het daar goed met hem ging. (Gen. 39:20-23)

In de gevangenis legde hij dromen uit, en ze kwamen uit. Hij werd zelfs een zegen voor de gevangenen. Farao hoorde over een man in de gevangenis die dromen verklaarde. Op een dag, toen hij een nare droom had gehad die niemand kon uitleggen, liet hij Jozef ophalen. Jozef vertelde hem wat de droom betekende. Door Jozefs interpretatie behoedde hij veel Egyptenaren voor een grote hongersnood. Farao stelde hem aan als onderbevelhebber, een soort minister-president. Wat een uitdagend leven: eens een slaaf, nu een vorst!

Op een dag, toen de droogte ook Kanaän had getroffen, reisden de broers van Jozef naar Egypte om voedsel te halen. Toen ze Egypte binnenkwamen, herkende Jozef hen. Na hen getest te hebben maakte hij zich aan zijn broers bekend. Hij hielp hen, en zo ook de zonen van Israël, inclusief zijn vader Jakob. Ze gingen Egypte binnen, en hun kinderen bleven daar bijna 430 jaar wonen.

Een les voor migranten

Wat kunnen migranten leren van Jozef? Hoe is het mogelijk dat een slaaf uiteindelijk de op een na belangrijkste man in het land werd? Is dat ook mogelijk voor migranten nu? Ik geloof dat integriteit het grootste geheim achter Jozefs succes was. Ook al was hij een slaaf, hij had overspel kunnen plegen met de vrouw van zijn heer. Hij had zijn positie daar veilig kunnen stellen en zich uit de slavernij kunnen bevrijden. Maar nee, hij was trouw aan God en aan mensen.

Veel migranten vandaag de dag (ik ben zelf een migrant en mag dit dus met recht zeggen) komen naar het gastland en misbruiken het systeem om verder te komen. Zij gaan werken en gaan van de bijstand leven of liegen tegen de regering om in het land te mogen blijven. God eert integriteit en loyaliteit. Als je eenmaal voor het pad van eerlijkheid kiest, zal God de poorten van zegen en welvaart openen in het land waar je woont.

Loyaliteit aan zijn meester bracht Jozef ook ver. Als je trouw bent aan hen voor wie je werkt, ongeacht de mate van je verantwoordelijkheid, zullen de deuren van promotie voor je opengaan. Sommige migranten bedriegen hun baas graag en hebben veel excuses om hun daden te rechtvaardigen. Met die mensen zal het slecht aflopen. Jozef blonk uit in het dienen van zijn baas. Jozef was ook trouw aan zijn gastland Egypte. Migranten moeten het land waarin ze wonen liefhebben en dienen, alsof het hun eigen land was.

Begin met positief te spreken over het land waar je woont. Begin dat land lief te hebben en het te dienen. Klaag er niet over, maar wees dankbaar. Als je een christenmigrant bent, moet je het land waar je woont met name zegenen. Je moet voor dat land bidden.

Soms als ik migrantgelovigen ontmoet, klagen ze over hun gastland: 'Deze mensen zullen nooit Christus in hun hart ontvangen' of 'Het is erg moeilijk deze mensen voor Christus te winnen. Ze zijn halsstarrig.' Praat niet zo. Als je in Nederland woont, houd dan van Nederland. Als je in de Verenigde Staten woont, houd dan van de Verenigde Staten. Als je in Australië bent, houd dan van Australië.

Een ander geheim van Jozefs succes was dat hij bereid was voor de waarheid te lijden. Hij leed omdat hij zijn God diende met heel zijn hart en beschouwde Hem en Zijn geboden als zijn hoogste prioriteit. Hij wist dat als hij ervoor koos slechte dingen te doen (toegeven aan Potifars vrouw), dan zou hij vrij worden en uit Egypte weg kunnen gaan. Maar hij weigerde en leed voor zijn overtuiging. Het pad van gerechtigheid is erg moeilijk, het ligt vol stenen en doornen, maar uiteindelijk zal het leiden tot promotie en profijt.

Jozefs gave bracht hem ver

Ondanks alle teleurstelling en verraad leerde Jozef iets van zijn leven te maken. Hij leerde tevreden te zijn, zelfs toen hij in de gevangenis terechtkwam. Ook praktiseerde hij zijn door God gegeven gave: hij interpreteerde de dromen die de mensen hem voorlegden.

De migranten van zegen moeten hun gaven gebruiken, of deze nu geestelijk zijn of niet-geestelijk. Als zij ze voor God gebruiken en ze integer in praktijk brengen, zal God hen zegenen en hen in de tegenwoordigheid brengen van koningen en de elite. Verlang ernaar uitmuntend te zijn in je werk en vervul je taken plichtsgetrouw. Dan zul je het ver schoppen.

Koloniale bitterheid

Jozef had alle reden om bitter, teleurgesteld en boos te zijn. Hij had ook kunnen proberen wraak te nemen. Maar dat weigerde hij. Hij koos voor vergeving en genade. In Genesis 45 staat beschreven hoe Jozef zijn broers ontving – broers die hem bedrogen en naar Egypte verkocht hadden. Hij omarmde hen liefdevol en vergaf het hun. Hij zei tegen zijn broers:

God heeft mij vóór jullie uit gezonden, om voor jullie een overblijfsel veilig te stellen op aarde, en jullie door een grote uitredding in leven te houden. Nu dan, niet jullie hebben mij hiernaartoe gestuurd, maar God. Hij heeft mij aangesteld als een vader voor de farao, als heer over heel zijn huis en als heerser over heel het land Egypte. (Gen. 45:7-8)

Het verhaal van Jozef doet me denken aan kolonisatie en slavernij. Er werden veel Afrikanen en Aziaten als slaaf verkocht aan buitenlandse mogendheden. Vandaag de dag gaan de achterkleinkinderen van die slaven terug naar de landen die hen koloniseerden. Sommigen zijn nog steeds bitter en boos over de dingen die meer dan driehonderd jaar geleden plaatsvonden. Ze plegen misdrijven en moeten er rekenschap van geven, eenvoudigweg omdat ze niet kunnen vergeven. Maar de migranten van zegen moeten vergeven en een oplossing zoeken voor het verleden door genade te schenken en de liefde omarmen die hun door Christus is gegeven. Er moet een tijd komen dat de migranten van zegen uit de ontwikkelingslanden gaan bidden voor de landen die hen koloniseerden, en het hun vergeven. Dergelijke gevoelens liggen verscholen onder raciale kwesties zowel in de Verenigde Staten als in Europa, en alleen de liefde van Christus kan genezing brengen voor beide volken: de misbruikten en de misbruikplegers.

Een speciale boodschap voor jou

Jozefs leven doet me denken aan het verhaal over een gelovige migrant; ik hoorde het op een conferentie. De man woonde in Spanje, had geen echte baan en zijn visum liep bijna af. Hij leidde een zorgelijk leven, wist niet wat hij moest doen of waar hij naartoe moest. Midden in die misère kwam hij een exemplaar tegen van de vorige Engelse editie van dit boek.

Hij las het boek van kaft tot kaft, en het was hem tot zegen. Terwijl hij dacht aan en bad over wat hij in het boek had gelezen, kwam hij in de krant een advertentie tegen voor een IT'er in Canada. Een van de eisen die men stelde was dat de sollicitant Frans moest kunnen spreken. In gebed vroeg hij God hem een nieuwe kans te geven. Hij solliciteerde, en tegen alle verwachtingen en omstandigheden in kreeg hij de baan. Hij verhuisde naar Canada, begon te werken en had veel succes. Maar op een gegeven moment stond het bedrijf erop dat hij op zondag zou werken. Als christen weigerde hij waardoor hij helaas zijn baan kwijtraakte.

Hij was teleurgesteld, maar vond een andere baan, weliswaar niet als IT'er maar als schoonmaker. Hij gaf zijn IT-baan en zijn hoge salaris op en werd schoonmaker.

Maar net als Jozef verrichtte hij zijn werk uitstekend. Op een dag, toen de CEO van het bedrijf het gebouw bezocht, merkte deze op dat het er nog nooit zo schoon was geweest. Bij navraag kreeg de CEO te horen over deze man en liet hem daarop naar zijn kantoor komen. De CEO vroeg hem: 'Wat kun je nog meer behalve schoonmaken?' De man antwoordde dat hij goed was met computers. Daarop vroeg de CEO het hoofd van hun computerafdeling zijn kundigheid te checken en de migrant wegwijs te maken in hun computersysteem. Binnen een paar uur belde de chef van de computerafdeling de CEO op en deelde hem mee dat deze man veel meer in z'n mars had dan ze dachten.

De migranten van zegen

Geleidelijk aan kreeg hij projecten die hij uitstekend uitvoerde. Totdat de CEO hem op een dag promotie gaf; hierdoor kreeg de migrant een van de hoogste posities in het bedrijf.

Tegenwoordig reist deze man met een privévliegtuig van zijn baas voor zaken de hele wereld rond. Tegelijkertijd getuigt hij tegen zijn CEO en collega's over Jezus.

Is dit niet prachtig? Migranten die gaan voor loyaliteit en integriteit kunnen zó gezegend worden. Wie je ook bent en wat je ook doet, doe je werk uitstekend en doe het met loyaliteit en integriteit – ten eerste naar God toe en vervolgens naar de mensen om je heen.

Ruth

een bruggenbouwende migrant

Ruths leven is een geweldige inspiratie voor iedere migrant. Ruth was geen Israëlitische, maar een Moabitische die getrouwd was met een van de zonen van Naomi, een jodin uit Bethlehem. Er was altijd spanning tussen Israëlieten en Moabieten. Desondanks had Naomi vanwege een hongersnood in Israël Bethlehem verlaten en was naar Moab vertrokken. Haar zonen trouwden elk met een Moabitische vrouw, maar stierven helaas een aantal jaren later, hun vrouw als weduwe achterlatend. Een van hen was Ruth.

Na de dood van haar zonen besloot Naomi terug te keren naar Bethlehem en daar te gaan wonen omdat haar hele gezin was gestorven. Ze ontsloeg haar schoondochters van al hun verplichtingen en zei dat ze terug moesten gaan naar hun eigen familie. Een van hen deed dat ook, maar de ander – Ruth – bleef bij Naomi en besloot met haar mee te reizen naar Bethlehem. Ze werd een migrant in Israël.

In die tijd was het niet gemakkelijk als niet-jood in Israël te wonen, vooral niet als je uit Moab kwam. Toen ze met Naomi naar Bethlehem reisde, was haar levenssituatie niet goed. Haar man was gestorven en zij had veel verdriet gekend.

Ruth was ook een arme migrant die voor haar joodse schoonmoeder moest zorgen. Toen ze naar Bethlehem kwam als migrant, wist ze weinig van de gewoonten en de cultuur. Toch nam de Heere haar op in de stam van Juda toen ze met Boaz trouwde, een rijke man uit Bethlehem. Boaz en Ruth werden de voorouders van de grote koning David, en ook van Jezus Christus.

Wat was haar geheim?

Allereerst was ze, net als Jozef, iemand die trouw was. Ze was trouw aan haar schoonmoeder, ze ging zelfs zo ver dat ze alles achterliet om haar te volgen. Ze aanvaardde ook de God, het volk en de gewoonten van haar schoonmoeder als de hare. Ze bouwde een brug tussen haar cultuur en die van Naomi. Als je ooit het Evangelie wilt uitdragen in de wereld, moet je bruggen bouwen tussen landen en culturen.

Ik zeg niet dat je elk element van een cultuur moet accepteren, vooral niet als het een goddeloos of verdorven element is. Mijn uitgangspositie is gelijk aan die van de apostel Paulus:

> *Als ik bij Joden ben, leef ik als een Jood om hen voor Christus te winnen. Als ik bij mensen ben die zich aan de wet van Mozes houden, houd ik mij er ook aan omdat ik hen voor Christus wil winnen. Als ik bij mensen ben die niet volgens de wet van Mozes leven, houd ik mij er ook niet aan, omdat ik hen voor Christus wil winnen. Maar dat wil niet zeggen dat ik zonder Gods wet leef. Voor mij geldt de wet van Christus. Als ik bij zwakke mensen ben, laat ik niet merken dat ik sterk ben, om hen voor Christus te winnen. Ik heb mij aan al die mensen aangepast, om in ieder geval enkelen van hen te redden. Ik doe het allemaal ter wille van het goede nieuws; ik wil samen met vele anderen de zegen ervan hebben. (1 Kor. 9:20-23, Het Boek, 1992)*

Ruth leerde een brug te bouwen – een brug van liefde, offer en volharding. De mensen van de wereld kunnen Jezus niet zien noch Hem voelen. Hun enige weg naar Jezus is via een ontmoeting met Hem in jullie, medechristenen. Christenen kunnen de wereld niet bereiken met arrogantie en een houding van superioriteit. Bruggen bouwen betekent dat je de mensen van een bepaald land en een bepaalde cultuur respecteert en accepteert, maar trouw blijft aan de Heere. Als een migrant van zegen moet je het land waarin je woont liefhebben. Je moet dat land en zijn gewoonten als het jouwe beschouwen. Je moet dat land dienen zoals je je eigen land zou dienen.

Als een migrant van zegen die in Nederland woont, heb ik geleerd dit land te eren. Ik hou van de taal van het land, en ik geniet van de mensen die er wonen. Ik heb God een eed gezworen dat ik dit land zal dienen alsof het mijn eigen vaderland is. Ik hou van de koning en bid voor de regering en voor de politieke ontwikkelingen van het land. Natuurlijk ben ik me ervan bewust dat er goddeloze dingen gebeuren. Toch heb ik mezelf getraind om positief over Nederland te spreken.

Veel mensen wonen jarenlang in een bepaald land en spreken nog steeds de taal niet goed. Ze passen de gewoonten van het gastland niet juist toe. Als gezegend migrant moet je werken binnen het kader van de cultuur. Je kunt niet naar een dorp ergens in het Midden-Oosten gaan, gekleed als een westerse kapitalist, en liederen gaan zingen van Don Moen of Vineyard. Het heeft geen impact. Je moet de gewoonten, de kledingvoorschriften en de taal van de landen waarheen je reist, leren kennen en respecteren.

Dat is wat Paulus deed. Nooit negeerde hij de gewoonten en de cultuur. Nee, hij gebruikte ze om bruggen te bouwen. En door middel van zo'n brug promootte hij het Koninkrijk. Hij kende de Griekse cultuur. Daarom vestigde hij, toen hij op de Areopagus in Athene stond, de aandacht op een monument met de inscriptie 'Aan de onbekende god'. Hij zei tegen de Atheners dat er een onbekende god was, ook al hadden ze nog zoveel goden, en dat hij over die God wilde spreken: de God van hemel en aarde. Die God was niet langer een onbekende God: Hij had Zich geopenbaard door Jezus Christus. Hoe had Paulus dat kunnen doen als hij de Griekse taal en cultuur niet had gekend?

Tot slot bleef Ruth nederig. Ze was hongerig en arm toen ze in Bethlehem arriveerde met haar zieke schoonmoeder. Ze ging naar de graanakker van Boaz en begon de restjes graan te verzamelen en bracht die naar Naomi. Boaz merkte dat op en ze mocht van hem zoveel meenemen als ze wilde. Later werden ze verliefd op elkaar, en Ruth trouwde met Boaz, de rijkste man in de stad. Veracht nooit een aarzelend begin. God stelt je op de proef in kleine dingen. Veel mensen willen in korte tijd succesvol zijn. Godvrezend succes begint echter in kleine dingen en ontwikkelt zich langzaam!

Snel succes is gevaarlijk en verwoestend. Veel migranten willen meteen succes hebben en zij nemen slechte beslissingen om dat voor elkaar te krijgen. Uiteindelijk komen ze terecht in de drugshandel of plegen financiële fraude totdat ze gearresteerd worden en teruggezonden worden naar hun eigen land. Ik herinner me de dag dat ik in Nederland aankwam. Als migrant die door de bergen had gereisd in ijskoude temperaturen, waarbij zelfs een baby was gestorven, was het een vreselijke reis geweest. Ik arriveerde in Europa met helemaal niets – slechts zakken met wat kleding. Mijn ouders en ik, met mijn zussen, begonnen hier te leven op het nulpunt. Ik herinner me dat toen ik naar school ging, ik de taal moest leren op een gewone school. Het was een van de vreselijkste perioden in mijn leven. Ik wist dat mijn ouders geen geld hadden. We konden geen kleding kopen, geen schoenen. Als tiener ging ik 's avonds naar de afvalcontainers in de buurt en opende de zakken in een poging schoenen, kleding of iets anders te vinden.

Elke keer als mijn moeder me vroeg hoe ik aan die spullen kwam, zei ik dat ik ze van mijn vrienden op school had gekregen. Op de universiteit werkte ik op het postkantoor, soms van middernacht tot 6 uur 's morgens. Daarna ging ik rechtstreeks naar de universiteit. Ik heb veel moeilijks meegemaakt, maar ik heb geleerd in dit alles trouw en dankbaar te zijn.

Ik dank God dat ik nu een succesvol en gezegend iemand ben die in Europa woont. En omdat ik tijdens deze reis mijn leven aan Jezus Christus heb gegeven, begonnen de dingen zich ten goede te keren. Ik ben gezegend door de Koning der Glorie te dienen en door mijn ervaring te delen met duizenden migranten in Europa en wereldwijd.

Net als ik wijdde Ruth haar leven aan God en Zijn geboden. Hij leidde haar naar de akkers die aan Boaz toebehoorden. Later zat zij met hem aan een tafel en dipte met hem brood in de wijn. Ruth vond genade in Boaz' ogen, en hij zegende haar. Boaz was haar losser, iemand die de armen en onderdrukten in de familiekring steunt en lost. Hij helpt zelfs de mensen die tot zijn schoonfamilie behoren. Uiteindelijk trouwde Ruth met Boaz, en hij gaf haar wat ze wilde: een man, een gezin en een plek die ze haar thuis kon noemen.

Een speciale boodschap voor jou

Wat is jouw verhaal? Heb jij een dierbare in je leven verloren? Heb je recent iets naars meegemaakt? Het is tijd om een nieuw leven te beginnen. Ga als migrant je hoop stellen op een betere toekomst.

Ruth een bruggenbouwende migrant

Leer de gewoonten, de taal en de cultuur van het land, omdat je, net als Ruth, in een vreemd land bent. Dikwijls vraag ik aan veel mensen die hebben geklaagd over discriminatie en afwijzing in hun tweede maatschappij: 'Spreek je de taal al goed? Wat weet je over het land waarin je woont? Hoeveel geef je om het land en zijn bewoners?' Vaak zwijgen ze dan, voordat ze me antwoorden.

Bedenk dit: zelfs de meest onbuigzame man of vrouw in de maatschappij die tegen migranten is, zal je passie en liefde opmerken voor zijn land en taal. Ik verzeker je dat als hij dat eenmaal ziet, hij je graag zal gaan mogen en uiteindelijk van je zal gaan houden. Als je wilt dat mensen deuren met kansen voor je openzetten, en als je de liefde en het respect van mensen in je gastland wilt 'verdienen', begin dan met hen te respecteren en lief te hebben door hun cultuur tot de jouwe te maken, en hun taal een deel van jouw leven. Respect moet je verdienen, het komt niet vanzelf. Die eenvoudige dingen zullen je veel verder brengen omdat ze bruggen bouwen die mensen samenbrengen.

Daniël

een moedige migrant

Toen Daniël jong was, was hij lid van de hofhouding in het koninkrijk Juda. Nadat de Babyloniërs Juda waren binnengevallen, was Daniël getuige van een wrede oorlog, en waarschijnlijk kreeg hij een bepaalde vorm van trauma toen hij zag hoe zijn thuisland verwoest werd.

De Babyloniërs scheidden hem van zijn ouders en namen hem mee terug naar hun land. Daniël kwam Babylon binnen als gegijzelde. Uiteindelijk belandde hij in het paleis van de koning. Spoedig daarop versloegen de Perzen Babylon, en Daniël werd een hoge ambtenaar onder de koning van Perzië. Later werd hij de belangrijkste persoon in Perzië, op de koning na. En door hem verheerlijkte het volk de Naam van God door het hele Perzische Rijk heen en zegende men Daniëls landgenoten, de Joden, in Perzië. God zegende Daniël omdat hij zich niet schaamde voor zijn God en de wetten van zijn geloof.

In Daniël 1 weigerde Daniël zich te verontreinigen met de gerechten van de koninklijke dis. In plaats daarvan verkoos hij groenten te eten. Nadat hij tien dagen lang plantaardig voedsel had gegeten, zag hij er veel beter en gezonder uit dan de mensen die onrein voedsel hadden gegeten. Daniël had ook de moed om 'nee' te zeggen en te weigeren. Na een decreet dat dertig dagen lang iedereen die niet tot de koning bad, ter dood zou worden gebracht, weigerde Daniël tot koning Darius te bidden. Daarom veroordeelde de koning Daniël ter dood en liet hem in een leeuwenkuil gooien. Maar de leeuwen brachten hem geen letsel toe, en hij kwam er levend uit. De koning bevorderde hem tot een hogere positie, en Daniel kreeg meer respect in het koninklijk paleis.

De migranten van zegen

Veel migranten verontreinigen zich met de slechte gewoonten en gebruiken van hun gastcultuur. In plaats van de juiste elementen op te pakken en ze zorgvuldig te gebruiken kiezen ze de dingen die hen vernietigen. Ik herinner me vrienden van mij met wie ik de taal bestudeerde en met wie ik naar school ging. Zodra het weekend er was, gingen mijn vrienden – ook migranten – naar de disco, dronken alcohol en gebruikten drugs. Maar ik bleef thuis en was druk bezig met mijn studie. Bijna niemand ging naar de universiteit, maakte zijn opleiding af en kreeg een goede baan. Velen werden uiteindelijk werkloos en wonen in een onveilige buurt. Ik heb aan de universiteit gestudeerd en ben christen geworden. Vele jaren later trouwde ik en kreeg twee zonen en een prachtige dochter. De Heilige Geest hielp me een bediening op te bouwen die impact heeft op veel mensen uit minimaal vijfentachtig landen ter wereld.

Veel mensen gaan geheel op in een andere cultuur zodra zij in een ander land wonen. Net als Daniël heb ik geleerd de kom van de koning van deze wereld vast te houden, en toch niet voor hem te buigen. Waarom moet ik mij verontschuldigen voor mijn normen en waarden en mijn geloof in God? Veel christenen zijn erg beschroomd en zijn te verlegen om hun geloof in hun dagelijks leven te laten zien. Ik heb nooit begrepen hoe iemand zijn pakje sigaretten tevoorschijn kan halen, een lucifer aansteken en in mijn tegenwoordigheid roken, zonder eerst toestemming te vragen. En toch moet ik mij in de wereld generen om mijn geloof uit te dragen. Als die ander zo vrijpostig is, waarom zou ik me dan niet net zo vrijpostig gedragen als ik mijn God loof?

Ik zie jonge stelletjes elkaar vurig kussen in een drukke straat in Amsterdam terwijl iedereen hen voorbijloopt. Toch zetten diezelfde mensen een pastor voor joker als hij een boodschap brengt in diezelfde straat. De wereld is niet beschaamd over de producten die zij fabriceert, adverteert en verkoopt. De wereld adverteert sigaretten op zo'n verleidelijke manier dat je bijna zou gaan roken; de fabrikant is zelfs niet beschaamd voor de miljoenen ex-rokers, nu kankerpatiënten die jaarlijks gediagnosticeerd worden, of voor het voortbrengen van gebroken gezinnen en huizen nadat er brand is ontstaan in hun huis door sigaretten. De wereld brengt de afschuwelijkste en vreselijkste dingen zomaar in je woonkamer en leert de kinderen dingen die ze niet zouden moeten weten.

De wereld schaamt zich niet om een maatschappij te produceren die bol staat van verkrachting, woede, criminaliteit, rebellie, racisme en sensatiezucht. De wereld wordt vreselijk om de tuin geleid en gaat door met bedriegerij. Voor de wereld wordt al het kwade nu getolereerd. Alles wat gebaseerd is op het Woord van de levende God wordt beschouwd als ouderwets, achterhaald.

Dit is hoe de wereld functioneert; ze verandert de door God gegeven basiswaarden van het leven en rechtvaardigt die veranderingen door ze te bestempelen als modern en menslievend. Maar ik schaam me niet om mijn geloof in de wereld te praktiseren, net zoals de wereld zich niet schaamt voor haar eigen boodschap. De wereld verkoopt wanorde, dood en verderf. Mijn geloof schenkt leven en gerechtigheid.

Wie zou zich nu echt moeten schamen?

Tegenwoordig heeft de meerderheid van de jongeren seks voordat ze veertien jaar oud zijn. Volgens de maatschappij vinden je leeftijdgenoten je maar een rare, als je geen seks hebt gehad voor je achttiende. De jeugd wordt blootgesteld aan tv-shows en films die hun onschuldige geest verontreinigen. Adverteerders maken hun reclames zodanig dat er een naakte vrouw te zien is die hun producten, die niemand nodig heeft, moet verkopen.

Soms schamen christenen zich ervoor dat ze maagd zijn, ze zijn bang bespot te worden. Vergeet niet: het is niet cool om je lichaam te verkopen in een moment van passie en om misschien de rest van je leven daarvan de gevolgen te moeten dragen. Het is cool om je lichaam niet te geven aan iemand die niet je vrouw of je man is. Het is niet goed om anderen misbruik te laten maken van jouw lichaam en jou dan achter te laten met een kind of een ziekte. Onze wereld wordt steeds slechter.

Tegenwoordig houdt de jeugd tussen de zestien en vijfentwintig jaar zich bezig met roken, drinken en fuiven. Enkel een sigaretje roken schenkt hun geen voldoening meer, dus gebruiken ze drugs om high te worden. Als iemand – een tiener of volwassene – dit niet doet, wordt hij of zij wellicht als raar beschouwd. Neem de werkplek bijvoorbeeld. Als je in Japan niet uitgaat, met je collega's drinkt of regelmatig stripteasetenten bezoekt, dan is er naar alle waarschijnlijkheid iets met je aan de hand. (Lee, 2008)

Tweeduizend jaar geleden vervolgden de Romeinse keizers christenen. De christenen kwamen met de boodschap dat Jezus Koning en God was. De keizers waren niet gecharmeerd van deze uitspraak, vandaar dat een van hen, Nero, verklaarde dat hij vanaf dat moment god en koning was en dat iedereen voor hem moest buigen. Hij gaf mensen ook de kans voor hem te buigen. Als ze dat niet deden, moesten ze sterven. Het teken om niet voor de keizer te buigen was de vis. Christenen plaatsten dit teken op hun deur, zeiden dat ze niet zouden buigen en werden aan leeuwen en slangen gevoerd in de arena's van het Romeinse Rijk.

God is op zoek naar gelovigen die niet voor de wereld buigen, de keizer van nu. Hij is op zoek naar mensen die besluiten dat ze zich niet schamen voor het Evangelie van Christus. Dit is de norm van een uitstekend christenleven.

Een speciale boodschap voor jou

Misschien ben je waar je nu bent omdat je een vluchteling bent, een slachtoffer van oorlog of van een economische of milieucrisis. Misschien ben je een moderne Daniël. Leer om trouw te zijn aan je principes. Wees niet bang voor andere mensen en leer 'nee' te zeggen.

Vaak had ik in mijn leven fantastische kansen om dingen te doen waardoor ik beroemd of rijk kon worden, maar ik zei er 'nee' tegen. Zo bewees ik mijn loyaliteit aan de principes waarin ik geloof. Het bood me zelfs meer kans en promotie dan ik gehad zou hebben als ik die kansen wel gegrepen had.

Op een keer reisde ik naar een bepaald land om er voor een groep migrantenvrouwen te spreken; de vrouwen werkten daar als hulp in de huishouding. Ik merkte op dat ze er oververmoeid, gestrest en ongezond uitzagen. Terwijl ik met hen praatte, deelden zij wat er op hun hart lag. Ze vertelden me dat ze voor drie of vier gezinnen werkten, hun huizen schoonhielden, op hun kinderen pasten en de was deden, hoewel ze slechts een contract hadden bij één gezin. Vaak werden ze wreed behandeld, en sommigen hadden zelfs met fysiek geweld te maken. Het gebeurde omdat deze kostbare vrouwen niet leerden 'nee' te zeggen. Ik besefte dat ik hun meer moest vertellen dan alleen de evangelieboodschap; ik moest hun leren hoe ze op moesten komen voor hun rechten en waarden.

Ik ben regelmatig teruggekeerd naar dat land; de situatie is er nu beter. Werkgevers beginnen te veranderen. Eén gezin heeft zelfs berouw getoond over wat het hun hulp in de huishouding aandeed en helpt haar thans op alle fronten.

Leer om 'nee' te zeggen. Mensen behandelen jou zoals jij hun toestaat jou te behandelen. Migranten zijn dikwijls bang om 'nee' te zeggen, vooral wanneer ze pas in een land wonen. Doe dat niet! Wees moedig, eerlijk en oprecht in je leven als migrant! Niets is beter dan jezelf te zijn, in je waarden te geloven en op God te vertrouwen. Daardoor zul je het ver schoppen.

Deel II

Migranten
van vandaag

Migranten

en wereldevangelisatie

Door middel van de Grote Opdracht stimuleerde Jezus Zijn discipelen om migranten te worden: 'Ga er daarom op uit om alle volken tot mijn leerlingen te maken. Doop hen in de naam van de Vader en van de Zoon en van de heilige Geest. Leer hen altijd te doen wat ik heb gezegd. En vergeet dit niet: ik ben altijd bij jullie, tot het einde van de tijd.' (Matt. 28:19-20, HLW)

De apostelen reisden van stad tot stad en van volk tot volk om zich te houden aan wat christenen de Grote Opdracht noemen. Het Evangelie is vanaf dat moment verkondigd, tot het moment dat de mens de oceaan over en de lucht door reisde. Als je de geschiedenis leest, kun je Gods hand zien. Ondanks het feit dat mensen stapels fouten hebben gemaakt, toch is God nooit opgehouden om alles volgens Zijn goddelijke plan te besturen.

Zo liet God bijvoorbeeld toe dat de Europeanen naar andere landen en continenten gingen, niet omdat Hij wilde dat zij die landen gingen koloniseren en hun natuurlijke rijkdommen misbruikten, maar omdat Hij wilde dat ze het Evangelie brachten aan de onbekende landen en culturen. Het was niet God die kolonisatie en slavernij stimuleerde. Het was het kwaad in de harten van mensen, hun hebzucht, waardoor ze zulke wreedheden begingen. Toch regisseert God nog steeds, en Hij herregisseert alle scenario's met betrekking tot Zijn grote plan.

Taal is één voorbeeld: in Afrika zijn duizenden en nog eens duizenden talen en dialecten. Maar tegenwoordig spreken Afrikanen Engels, Frans, Portugees, Italiaans en Arabisch. Mensen uit Latijns-Amerika spreken Spaans, Portugees, Frans en Engels. Aziaten in het Verre Oosten spreken Frans, Engels en Arabisch.

De migranten van zegen

Thans gaan mensen uit de voormalige kolonies terug naar de landen die hen eens koloniseerden – sommigen vanwege armoede en honger, anderen voor scholing, weer anderen vanwege oorlog, maar er zijn ook mensen die op pad gaan om het Evangelie te brengen dat Europeanen eens probeerden aan hen te vertellen, maar wat op de een of andere manier mislukte. Ik geloof met heel mijn hart dat God migranten gaat gebruiken om landen in Europa, Noord-Amerika, het Verre Oosten en in de Grote Oceaan, zoals Australië en Nieuw-Zeeland, weer tot leven te brengen.

Volgens de statistieken is de pinkster/charismatische beweging de snelst groeiende christelijke geloofsvorm ter wereld; de meerderheid van die gelovigen woont in de ontwikkelingslanden. Er zijn 104 miljoen migranten die in rijke landen wonen. Migranten zijn erg belangrijk voor Gods Koninkrijk. Vergeet niet dat vandaag de dag het grootste land, de Verenigde Staten, ook de meeste zendelingen uitzendt, de wereld in, en een migrantenland. (Anderson 2004)

De eerste mensen die getuige waren van het Pinksterfeest in Handelingen, waren migranten uit diverse delen van de wereld. Vervolgens begon de grote pinksterbeweging in een migrantenkerk met Afro-Amerikaanse minderheden op Azusa Street 312 onder leiding van William Seymour (1870-1922), zoon van bevrijde slaven. Het is prachtig dat de Heilige Geest een kerk bezocht met nakomelingen van slaven.

Seymour had een oud gebouw gehuurd op Azusa Street, een voormalige methodistisch-episcopaalse kerk. Met zaagsel op de vloer en ruwe planken als banken begonnen de dagelijkse bijeenkomsten rond 10 uur 's morgens en gingen door tot in de late uurtjes. De Heilige Geest bezocht hen en spontaan begonnen ze in tongen te spreken en te zingen. Door de pinksterbeweging begon de scheidsmuur tussen zwart en blank in de kerk weg te vallen, en vrouwen begonnen meer vrijheid te krijgen in de bediening.

De eerste blanke pinkstervoorgangers werden in de Heilige Geest gedoopt in de kerk aan Azusa Street. Later, in 1907, reisden ze naar India en brachten de pinksterboodschap naar Calcutta. Weldra kreeg Azusa Street internationale aandacht. De revival van Pinksteren ging zich over de hele Verenigde Staten verspreiden, en ook over Latijns-Amerika, Europa, Afrika en Azië. In minder dan twee jaar had Azusa

Street vijfentwintig landen bereikt: India, China, Japan, Angola, Zuid-Afrika en andere.

God gebruikte de minste van alle (een migrantenkerk in een lelijke opslagloods), bezocht hen en liet Zijn glorie zien. Wat was God aan het doen? Wat was Zijn plan? Waarom zou Hij de zoon van een voormalige slaaf en zijn kerk opzoeken? Ik geloof dat God wil dat migrantenkerken serieus genomen worden. Vooral christenen zouden actiever moeten zijn in het tonen van Gods liefde en zorg voor migranten, misschien zelfs hun hart winnen om hun ziel te redden en leven te schenken aan grootse mannen en vrouwen van God. Toen ik een zondig leven leidde als migrant, bracht een Koreaanse zendeling, Philip, mij het Evangelie. Hij had zich nooit kunnen indenken dat mijn bediening zich op een dag verbazingwekkend zou verspreiden over vijfentachtig landen.

In de volgende hoofdstukken zal ik vertellen over enkele migrantenexporterende landen als casestudies. Wij zullen proberen Gods plan voor die landen te ontdekken en hoe God hen gebruikt om de meer ontwikkelde landen voor Christus te winnen. In sommige gevallen zal ik zelfs een spa dieper gaan en individuele casestudies beschrijven van migranten in die landen.

Migranten

uit de Filipijnen

Als er één land is dat ik bewonder en respecteer, is het de Filipijnen. Mijn bewondering gaat specifiek uit naar de miljoenen Filipijnse moeders, zussen en dochters die in het buitenland werken – doorgaans als hulp in de huishouding – om zo voor hun gezinnen te zorgen en indirect een zegen te zijn voor de economie van hun land. Het breekt mijn hart als ik zie dat die prachtige vrouwen mishandeld en ondergewaardeerd worden, enkel en alleen omdat ze klein van postuur zijn. In werkelijkheid hebben ze een groot hart.

De Filipijnen is een land dat door een dal vol schaduw van de dood gegaan is. In zijn geschiedenis is het door veel buitenlandse machten aangevallen en gekoloniseerd. De Spanjaarden, de Amerikanen en de Japanners hebben een belangrijke rol gespeeld in zijn geschiedenis. Spanje introduceerde het katholicisme op de Filipijnen, en de Amerikanen introduceerden de Amerikaanse levensstijl en de Engelse taal. De Filipijnen is economisch niet sterk; er wonen veel arme mensen. Zij proberen te overleven.

In Manilla wonen miljoenen arme mensen. Veel mensen van het platteland proberen geluk te vinden in die stad, waardoor het daar alleen maar slechter wordt. Veel Filipino's proberen dan ook een baan in het buitenland te vinden. Vandaar dat de Filipijnen de grootste exporteur is van arbeidskrachten, zelfs groter dan Pakistan, India en China. Naar schatting vertrekken er jaarlijks 700.000 mensen. Vandaag de dag werken 11 miljoen Filipino's over de hele wereld. Dit houdt in dat 11% van de Filipijnse bevolking in het buitenland woont. Van die 11 miljoen leven naar schatting 600.000 Filipino's in zes grote West-Europese landen:

De migranten van zegen

Frankrijk: 48.000

Duitsland: 47.000

Groot-Brittannië: 218.000

Italië: 272.000

Spanje: 43.000

Nederland: 22.000

Totaal: 650.000

(Bron: Wikipedia)

Er werken vier miljoen Filipino's in de Verenigde Staten, en een miljoen in Saoedi-Arabië. Het is mij een voorrecht en eer geweest om met overzeese Filipino's te werken in mijn bediening, niet alleen in Nederland maar ook wereldwijd. Helaas heb ik gezien dat velen van hen, vooral de vrouwen, in ellendige omstandigheden verkeren. Het zijn goed opgeleide mensen die Engels spreken, maar nu werken in een vreemd land tegen een laag loon. Ze verdienen méér.

In sommige landen in het Midden-Oosten zijn de condities nog slechter vanwege de sterk fundamentalistische moslimwetten. Hoewel de Filipijnen overwegend katholiek zijn, zijn de pinkstergemeenten de snelst groeiende christelijke groepering. (Pew Research Center 2006)

Er gebeurt meer wanneer Filipino's naar het buitenland gaan. Ze worden geestdriftig voor God, zijn actief in het evangeliseren en zorgen voor hun landgenoten daar. Met opzet heb ik dit land als voorbeeld gekozen, omdat ik echt geloof dat God de Filipijnse migranten heeft gezalfd om de boodschap van liefde en het Evangelie van Christus aan de landen te brengen waar ze werken. Ik zal de verhalen van een paar Filipijnse hulpen in de huishouding toelichten – personen die een impact maken op het leven van veel mensen. Ook zal ik u wat imponerende verhalen vertellen over grootse mannen en vrouwen die de marteldood stierven of gemarteld werden om Christus.

Filipino's: de door God gekozen migranten

Alleen bekrompen mensen zien de Filipino's als kleine Aziaten: kleine vrouwen en mannen met een donkere huid die baantjes hebben die weinig voorstellen. Dit is een grote vergissing.

Die mensen kijken niet verder dan de korte gestaltes van mijn Filipijnse broers en zussen en zien dus geen groots volk dat God heeft uitgekozen en uitgezonden – de levende Daniëls, Mordechais, Esthers en dienaren van Naäman. Veel van deze Filipijnse migranten zijn instrumenten die God uitgekozen heeft om het Evangelie te brengen aan de landen die hun onderdak bieden. Je moet ze respecteren, liefhebben en helpen.

Wist je dat er in sommige Europese landen meer Filipijnse christengemeenten zijn dan autochtone gemeenten? Op het Grieks-orthodoxe eiland Cyprus zijn bijvoorbeeld drieduizend wedergeboren christenen. Maar dat getal omvat niet het aantal Filipijnse, Indiase, Sri Lankaanse en Afrikaanse gelovigen. Ik schat dat deze groepen net zoveel wedergeboren christenen op Cyprus hebben als de Cyprioten zelf. Ik weet ook dat de Filipijnse kerken en gemeenten tot de snelst groeiende op Cyprus behoren. Ze komen samen in appartementen, flatgebouwen en huizen, die op zondag veranderen in kerken of gemeenten.

De zalving van Naämans dienstmeisje

Naäman was de aanvoerder van het Aramese leger en omdat de Heer door hem aan Aram een grote overwinning had bezorgd, was hij zeer gezien bij de koning van Aram en werd hij door iedereen geacht. Maar deze man met zijn bijzondere kwaliteiten leed aan een huidziekte.

Nu hadden de Arameeërs op een van hun strooptochten een meisje uit Israël buitgemaakt dat ten slotte in dienst was gekomen van de vrouw van Naäman. Op een keer zei ze tegen haar meesteres: 'Kon mijn meester maar eens de profeet ontmoeten die in Samaria woont! Die zou hem wel van zijn huidziekte genezen.' Naäman ging de koning meedelen wat het meisje uit Israël had gezegd. De koning van Aram antwoordde: 'Wend je dan tot de koning van Israël; ik zal je een brief voor hem meegeven.' Naäman ging dus op weg, met bij zich driehonderd kilo zilver, zestig kilo goud en tien stel feestgewaden. In de brief die hij bij zich had voor de koning van Israël, stond: 'Door middel van deze brief wil ik uw aandacht vragen voor mijn officier Naäman. Wees zo goed hem van zijn ziekte te genezen.'

Zodra de koning van Israël de brief had gelezen, scheurde hij uit wanhoop zijn kleren en riep: 'Hoe kan de koning van Aram mij nu vragen iemand van zijn huidziekte te genezen? Ben ik soms een god die beschikt over leven en dood? Het is duidelijk: hij zoekt een aanleiding om mij de oorlog te verklaren.'

Toen de profeet Elisa hoorde dat de koning zijn kleren had gescheurd, liet hij hem weten: 'Waarom hebt u uw kleren gescheurd? Stuur die man maar naar mij, dan zal hij ondervinden dat er een profeet is in Israël!' Op zijn wagen, getrokken door paarden, kwam Naäman aanrijden. Hij bleef voor de ingang van Elisa's huis staan. Elisa liet hem door een boodschapper zeggen: 'Ga u zeven keer wassen in de Jordaan, dan krijgt u weer een gave huid.' (2 Kon. 5:1-10, GNB)

Na lang aarzelen en veel woede deed Naäman uiteindelijk wat Elisa hem had geadviseerd. Hij genas volkomen, ging terug naar zijn land en verheerlijkte Jahweh, de God van Israël. Naämans dienstmeisje doet me denken aan de miljoenen Filipijnse hulpen in de huishouding in het Midden-Oosten, Azië en Europa. Het meisje was gewoon een werkneemster, een slavenmeisje dat na een oorlog was meegenomen, maar zij had het antwoord op het probleem van de machtige generaal. De wereld lijdt aan melaatsheid, en alleen Christus kan die genezen.

De Filipino's en andere migranten zeggen tegen hun werkgevers, bazen, buren en collega's dat alleen Jezus hen kan genezen als ze zich overgeven en zich wassen in het levende water, de Heilige Geest. Dit was wat het dienstmeisje deed voor Naäman.

Ik heb het al eerder gezegd: er werken 650.000 Filipino's in West-Europa. Drie grote katholieke landen – Spanje, Frankrijk en Italië (ik heb geen cijfers van Portugal) – herbergen 363.000 Filipino's. Volgens Operation World is 27,5% van de Filipijnse bevolking lid van een charismatische, evangelische of pinkstergemeente. (Johnstone & Mandrijk, 2001)

Stel dat 27,5% van de 363.000 Filipino's in deze drie landen actief christen is (99.825). **Dit betekent dat zij dagelijks ten minste 100.000 mensen via evangelisatie kunnen bereiken in Spanje, Frankrijk en Italië.**

Iedere dag draagt de Filipijnse bevolking in deze drie landen aan duizenden mensen direct of indirect het Evangelie uit.

Maar veel autochtone kerken in die landen erkennen zelfs de Filipijnse kerken niet. Enkele willen zelfs niet met hen samenwerken en contact met hen onderhouden. In enkele landen is de band tussen Filipijnse gemeenten en autochtone kerken heel beperkt – mogelijk omdat de meerderheid van de Filipijnse gemeenten geleid wordt door een vrouw; daarom nemen veel autochtone kerken hen niet serieus.

Ooit sprak ik met een voorganger in een West-Europees land. Naar Europese normen had hij een grote kerk. Ik vroeg hem naar de Filipino's in zijn omgeving. Zijn commentaar droop van trots en arrogantie. Hij beschouwde hen als tweederangs burgers, zelfs in het Koninkrijk, en sprak minachtend over hen. Hij wist niet dat God niet blij zou zijn met zijn antwoord. Hij wist niet dat God beloofde dat wie Abraham en zijn nageslacht zegent, op zijn beurt gezegend zal worden. Hij wist niet dat de Filipijnse gelovigen dienaren Gods zijn. Zolang er verborgen vooroordelen zijn tegen bepaalde groepen mensen, zal God niet in beweging komen in jouw leven en jouw kerk. Dit belemmert een opwekking in jouw land.

Een Filipijnse opwekking op Cyprus

De Heere gebruikte een Filipijnse hulp in de huishouding, een moeder die haar kinderen al een paar jaar niet had gezien. Zij stond aan het begin van een van de meest stimulerende en belangrijke opwekkingen in Cyprus. Een opwekking die nog steeds aan de gang is.

In 1996 sprak God tot mijn hart: ik moest een persoonlijk bericht sturen naar een Filipijnse zuster die ik nooit had ontmoet. Deze dame, Mama Lynn, is de zus van een van mijn Amsterdamse teamleden, maar ze was geen actief christen. Ze had te kampen met emotionele en fysieke problemen. De Heilige Geest spoorde me aan om contact met haar op te nemen via een persoonlijk bericht op een cassettebandje. Ik luisterde naar Gods stem maar had geen flauw idee dat dit het begin was van iets veel groters.

Mama Lynn luisterde naar de cassette. Na het horen van mijn stem stelde ze zich opnieuw in dienst van Jezus Christus. Haar leven veranderde; ze was weer blij. Ze kopieerde de cassette en gaf die aan andere Filipijnse vrouwen die op Cyprus werkten. Acht van hen luisterden naar de cassette, en hun overkwam hetzelfde.

Een paar maand later kreeg ik een telefoontje uit Cyprus. Die prachtige, pasbekeerde zusters vroegen me naar Cyprus te komen om hen te dopen. Het was mijn eerste bezoek aan het eiland en de start van mijn bediening daar.

Sommige christenen, zelfs enkele Filipijnse gemeenten, waren het niet eens met mijn reis naar Cyprus en bekritiseerden mij. Ik ging er ieder jaar heen, enkel en alleen voor die acht zusters. Maar die dames waren zo vol van Gods liefde dat ze niet konden wachten. Ze gingen de parken in en de straat op. Ze getuigden tegen Filipino's en Cyprioten. Helaas kwam er vrij snel daarna een eind aan hun contract op Cyprus en ze keerden terug naar de Filipijnen. Een van hen was zuster Lucy. Zodra ze terug was in haar geboorteplaats gaf ze de aanzet tot een christengemeente, waarvan er daar slechts weinig waren. Vandaag de dag zijn er, door haar en enkele pastors die met haar verbonden zijn, vier gemeenten.

Ondertussen reisde ik nog steeds elk jaar naar Cyprus, en ik bracht daar waarschijnlijk zo'n twintig tot vijfentwintig Filipino's bij elkaar. Op een van die reizen ontmoette ik een twintigjarige man; Carlos was net wedergeboren. Ik wist dat hij een grote rol zou vervullen in het verspreiden van het Evangelie onder de Filipino's op Cyprus. Ik trainde hem en gaf hem de leiding over een groepje van tien tot twaalf mensen. Hij groeide in de Geest en in leiderschap. Carlos en zijn team begonnen te bidden voor een grotere opwekking op Cyprus.

Algauw verenigden zich ongeveer negen Filipijnse gemeenschappen voor de opwekking. Toen ik hen in 1999 bezocht, vulden circa 250 mensen de zaal van een hotel, wat een stimulans was voor de gelovigen. Tijdens de opwekking groeide het aantal Filipijnse gemeenschappen tot twintig. In 2003 werd een hele schouwburg – bijna vijfhonderd mensen, voor Cyprus een reusachtig getal – gevuld met prachtige Filipijnse zusters en gelovigen uit Cyprus, Nigeria, Ghana en Egypte. Ze zaten allemaal bij elkaar.

Een Cypriotische pastor vertelde me dat hij zich zo schaamde dat hij nooit had geloofd dat deze prachtige Filipijnse vrouwen in vuur en vlam voor God konden staan. Hij had nooit gedacht dat ze tot zoiets in staat waren en zoveel mensen bij elkaar konden krijgen. En te bedenken dat dit alles begon met een hulp in de huishouding, een eenvoudig en prettig iemand die haar leven aan Christus gaf. De christelijke geschiedenis zal zich haar naam nog generaties lang herinneren.

Tegenwoordig zijn er veel onbekende migrantenhelden voor Christus. Misschien herinnert niemand zich hun naam, maar God wel. Als jij christen bent en je migrantenburen hebt, onderschat hen dan nooit. Je weet het maar nooit. Op een dag is die persoon misschien de katalysator voor een opwekking in jouw land.

Migrantenmartelaren

Filipijnse migranten hebben ook impact op de moslimwereld, met name in Saoedi-Arabië, waar de wieg van de islam stond. Misschien heb je het verhaal gehoord van een christen in Saoedi-Arabië: broeder Rene Camahort. Rene was een migrant in dat land; voor die tijd werkte hij op de Filipijnen, zonder te slapen, een paar dagen achtereen in een legereenheid. Hij vertrok naar Saoedi-Arabië en werd vertegenwoordiger bij een Saoedisch reisbureau.

Hij verbleef meer dan vier jaar in de gevangenis en de regering liet hem in 1999 vrij. In die jaren schreef hij heimelijk brieven, die Open Doors publiceerde. In deze brieven vertelde hij hoe zijn Filipijnse broeders en zusters werden gemarteld in Saoedische gevangenissen en daar zelfs de marteldood stierven.

In Saoedi-Arabië kunnen werkgevers hun werknemers vaak uitbuiten, zonder daarvoor gestraft te worden. De migranten worden als slaven behandeld. Er was een Filipijnse vrouw die door haar baas werd verkracht en meermalen misbruikt. Toen ze weigerde, beschuldigde hij haar van diefstal. Zij verloor bijna haar arm, de straf voor diefstal volgens de moslimwet. De meerderheid van deze werknemers doet zwaar werk, waarvoor zij soms niet correct betaald worden.

Rene had een goede baan bij het reisagentschap. Toch was zijn loon ontoereikend, omdat hij niet het juiste loon ontving. Volgens Rene begonnen zijn problemen, toen hij daarover klaagde. Zijn baas had hem namelijk provisie beloofd, premies, een jaarlijkse vakantie enz. Na een poosje moest hij dingen doen voor het bedrijf die niet klopten met zijn functiebeschrijving. Hij moest reparaties uitvoeren in het kantoor en het schoonhouden, hoewel hij reisagent was. Omdat hij zich zorgen bleef maken over zijn salaris beschuldigde zijn baas hem van fraude. Uiteindelijk kwam hij terecht in afdeling nummer vier van de Malaz-gevangenis waar honderd Filipino's vastzaten. In deze afdeling kwamen enkele Filipino's regelmatig samen voor bijbelstudie en tijdens deze studie vond Rene Christus. In gebondenheid vond hij vrijheid.

In zijn brieven schreef Rene hoe ze in het geheim baden en de Bijbel lazen, zonder dat de bewakers of medegevangenen het merkten. Langzamerhand begonnen christengevangenen hem te respecteren, en hij raakte goed bevriend met Ruel, de leider van de bijbelstudiegroep.

Op een dag, vroeg in de ochtend, kwamen de cipiers en namen Ruel en nog een paar vrienden mee om onthoofd te worden. Vanwege zijn geloof stierf Ruel, een Filipijnse broeder, de marteldood voor Christus.

Dit is slechts een van de duizenden verhalen over prachtige migranten, niet alleen uit de Filipijnen maar ook uit India, Bangladesh en Afrika. God heeft hen gebruikt op de meest vijandige plaatsen in de wereld. Hoeveel van deze migrantenhelden zijn in alle stilte vermoord? Wie interesseert zich voor deze fantastische mensen die bereid zijn als martelaar te sterven voor hun geloof?

In het Westen maken christenen hun kerk soms tot een Hollywood, ze maken veel lawaai in de wereld en commercialiseren het geloof. Maar er zijn miljoenen migranten die de blijde boodschap brengen en in het geheim lijden voor Jezus – net als Rene en zijn vrienden.

Migranten
uit Afrika

Dan zal ik de volken andere lippen geven
en een zuivere taal laten spreken;
mij alleen zullen zij allen aanroepen,
mij zullen zij eensgezind vereren.
Van over de rivieren van Nubië
komt mijn uiteengeslagen volk
om mij offers te brengen
en mij te aanbidden.
Als die dag aanbreekt,
hoeven jullie je niet te schamen
over alles wat jullie tegen mij misdeden.
Want dan verwijder ik uit jullie midden
allen die een hoge toon aanslaan.
Je zult je niet langer hoogmoedig gedragen
op mijn heilige berg.

(Zef. 3:9-11, GNB)

Een paar verzen, geprofeteerd door Zefanja, vatten het verhaal van Afrika samen. Zefanja wist al dat het volk dat aan de andere kant van de rivieren van Nubië leefde, verstrooid zou worden. Dit is de Afrikaanse diaspora via slavernij. Die uiteengeslagen volken werden als slaaf meegenomen naar de andere kant van de wereld, maar de Heere beloofde dat zij zouden komen, offers brengen en samen de Heere aanbidden.

De migranten van zegen

Wat betekent het dat mensen samen zullen aanbidden?

Betekent het dat zwart en blank of de zoons en dochters van ex-slaven samen met de kinderen van ex-slavenhouders zullen aanbidden? Zou het kunnen verwijzen naar de pinksteropwekking van Azusa, die de deuren openzette voor raciale vermenging in de kerk? Iedereen mag hierover een eigen mening hebben, maar één ding staat vast: er is opwekking in Afrika, vooral in bepaalde regio's en landen: Nigeria, Ghana en Zuid-Afrika. Na de onafhankelijkheid van landen op het Afrikaanse continent en toenemende economische armoede in de vorige eeuw besloten velen naar Europa of de Verenigde Staten te reizen. Aan het eind van de jaren tachtig en negentig van de twintigste eeuw nam de Afrikaanse bevolking toe in Europa en Noord-Amerika.

Tegenwoordig wonen Afrikanen zelfs in landen in het Verre Oosten (Japan en Korea). De meerderheid van hen bestaat uit christenen die openstaan voor de Heilige Geest. Ze hebben hun eigen manier om de Heere te lofprijzen en te aanbidden met ritmische liederen en veel dansen. Ooit was ik in een kerk in Japan, in downtown Tokyo. De kerk – groter dan de gemiddelde Japanse kerk – zat vol Nigerianen, Ghanezen, Filipino's en enkele Japanners.

Ik reisde naar Korea, zag daar veel Afrikanen en hoorde dat er Ghanese kerken waren; slechts weinig autochtone Koreaanse kerken waren zich bewust van hun bestaan.

God gebruikt Afrikanen in Europa om het Evangelie te verspreiden. In Engeland is de Afrikaanse kerk een van de snelst groeiende kerken; zij bereikt niet alleen Afrikanen, maar ook blanken en andere etnische groeperingen. Ghanezen, Nigerianen, Kenianen, Zimbabwanen en Zambianen zijn daar ook heel actief.

Frankrijk is ook een interessante studie: als je door sommige wijken van Parijs loopt, kom je diverse advertenties tegen waarin het Koninkrijk van God verkondigd wordt of mensen worden uitgenodigd een genezingsdienst van de Heilige Geest bij te wonen. Die bijeenkomsten worden georganiseerd door Franssprekende Afrikanen, meestal uit voormalige kolonies in zwart Afrika.

Amsterdam-Zuidoost: Afrika in het klein

Al eerder in dit boek had ik het over de Bijlmer, een wijk in het zuidoosten van Amsterdam. Als je daar over straat loopt, voelt het aan als een Afrikaans land. De markten en de winkels doen me denken aan Zuid-Afrika. Ik noem dit deel van Amsterdam 'Afrika in het klein'. Iedere zondag, als je door je raam naar buiten kijkt, zie je goedgeklede Afrikaanse mannen en vrouwen zich naar de kerk haasten, de Bijbel in hun hand. In dit deel van Amsterdam zijn ongeveer 150 kerken of gemeenten. Naast Afrikanen zijn er andere etnische groeperingen, zoals Antillianen en Surinamers. Ook vind je er moslimminderheden. Na Surinamers vormen Ghanezen en Nigerianen de grootste groepen in dat gebied.

In Nederland wonen ten minste zesduizend Ghanezen met een verblijfsvergunning; waarschijnlijk zijn er ook een paar duizend zonder deze vergunning. De meerderheid van de Ghanezen woont in de Bijlmer; veel Ghanese pastors staan aan het hoofd van een grote bediening. Ook Nigerianen hebben de leiding over kerken, maar hun kerken zijn meer verspreid over het land. Door de Afrikaanse kerken in Nederland hebben zelfs enkele traditionele Nederlandse kerken of oude evangelische gemeenten te maken met een opwekking. Zo worden 'blanke' kerken blootgesteld aan Afrikaanse manieren van aanbidding en lofprijzing.

Mijn eigen gemeente begon in de Bijlmer. Naarmate we groeiden, verhuisden we naar een zakendistrict buiten de Bijlmer. We waren de eerste gemeente die een bedrijfsgebouw gebruikte voor onze samenkomsten. Algauw volgden veel andere gemeenten naar het voornamelijk blanke gebied. Vandaag de dag zijn er in ons kleine zakendistrict ten minste vijftien kerken. De overheid heeft het erover om het 'Christusstraat' of 'Jesus Valley' te noemen. Alle gemeenten die daarheen verhuisd zijn, zijn Afrikaanse gemeenten, waardoor het gebied een andere uitstraling heeft gekregen.

De snelst groeiende christelijke gemeente in de Bijlmer wordt gevormd door de pinkster/charismatische gemeenten, onder leiding van Afrikanen. Maar die gemeenten aanbidden God onder heel moeilijke omstandigheden, en hun leden zijn helemaal niet rijk; sommigen hebben zelfs geen permanente verblijfsvergunning. Velen wonen in kamertjes in het huis van iemand anders, ze werken hard en verdienen maar nauwelijks driehonderd euro. Toch hebben ze geleerd te overleven en te vertrouwen op de Heere en Zijn beloften. Ik geloof dat mijn lieve Afrikaanse broers net als Jozef zijn. Ik weet dat God hen naar de top gaat brengen en hen gaat gebruiken om Europeanen en Amerikanen voor Jezus te winnen. Ze zijn zo speciaal. Zelfs onder de meest gruwelijke en in de moeilijkste omstandigheden aanbidden velen van hen nog steeds God, en doen dat vreugdevol en blij. Misschien hebben ze in Christus geleerd om dankbaar te zijn in alles.

Nigerianen

Nigerianen zijn erg actief voor God en Zijn Koninkrijk. Naar mijn mening gaan Nigerianen een steeds grotere rol spelen in het christendom van de eenentwintigste eeuw. Op een keer was ik met een paar goede vrienden van me, Nigeriaanse pastors, aan het eten. Ze vertelden me wie of wat de Nigeriaanse christengelovigen beschouwen als hun primaire exportproduct.

Ze zeiden: 'De Japanners hebben Toyota, de Koreanen hebben Samsung, de Amerikanen hebben General Motors – en wij hebben het Evangelie.' Zó gepassioneerd en ijverig zijn Nigerianen bij het verkondigen van het Evangelie en het bereiken van de landen voor Christus. De 'Redeemed Church' is één voorbeeld van hoe de Nigerianen de hele wereld binnendringen, te beginnen met hun eigen land, vervolgens andere Afrikaanse landen, en uiteindelijk de rest van de wereld.

Een vriend van mij, lid van die kerk, zei ooit dat hun motto is: 'Vijf minuten van huis'. Omdat ik niet begreep wat hij bedoelde, vroeg ik om uitleg: zij willen in de hele wereld gemeenten stichten zodat mensen maar vijf minuten hoeven te lopen van hun huis om een kerk te bezoeken. Kun je je voorstellen hoeveel gemeenten ze dan moeten stichten? Het gebeurt al in Nigeria, vertelde hij me.

Onlangs leidde ik een conferentie in het Laguna-district van de Filipijnen. De afgelopen tien jaar ben ik vaak daarheen gereisd, maar ik had nooit verwacht daar een Nigeriaan aan te treffen. Tot recent dus. Op die reis ontmoette ik een Nigeriaanse zendeling die er Gods werk deed en de Filipino's het Evangelie bracht. De Afrikanen, en in het bijzonder de Nigerianen, introduceren een ander soort aanbidding en lofprijzing in het Westen; ze voegen er dansen aan toe. Zij geloven dat dansen voor God is. Ze dansen terwijl ze zingen, de Heere prijzen of een collecte voor God houden. Ze gooien de munten niet simpelweg in de collectezak, maar dansen en geven blijmoedig aan God. Dit soort aanbidding wordt nu gebruikelijker, zelfs in enkele Europese gemeenten.

Er komt een dag dat veel gemeenten – westerse of niet-westerse – aanbiddingsliederen, lofprijzingsliederen en muziekstukken zullen zingen die uit Afrika, en met name uit Nigeria, afkomstig zijn. Ik heb al een paar vrienden – Koreaanse en Filipijnse pastors – die Anglo-Afrikaanse liederen uit Nigeriaanse/Afrikaanse gemeenten vertalen in het Koreaans en Filipijns.

Tot slot, door Nigeria als een casestudy te kiezen in dit boek is het niet mijn bedoeling andere Afrikaanse landen buiten te sluiten – landen die ook actief zijn in het verspreiden van het Evangelie, zoals Ghana, Kenia, Zuid-Afrika, de Frans- en Portugeessprekende Afrikaanse landen – ze zijn allemaal betrokken bij wereldwijde evangelisatie.

Afrikanen hebben me persoonlijk gezegend met hun liefde en bemoediging. Ik heb er altijd van genoten met hen te aanbidden en met hen en naast hen te staan in de bediening.

Toen ik als jongen nog niet geloofde, vertelde een Afrikaanse vriend uit mijn klas, George uit Ghana, mij het Evangelie. Vroeger zette ik hem vaak voor joker, maar nu ben ik dankbaar dat hij getuigde. Ook al werd ik niet meteen christen, een Afrikaan plantte een zaadje in mijn hart toen ik veertien jaar oud was. In die dagen, als jongen, droomde ik ervan in Afrika te gaan werken. Nu ben ik gezegend door veel Afrikanen in mijn leven. Ik eet met hen, drink met hen en soms draag ik hun traditionele kleding.

Als jongen schreef ik altijd gedichten. Jaren geleden schreef ik dit:

Afrika zit in mijn hart.
Azië zit in mijn bloed.
Blank is mijn kleur.
Zwart is mijn trots!

Migranten
uit Korea

Met hun doorzettingsvermogen, harde werken en moed komen Koreanen ook uit een land dat migranten exporteert: je vindt Koreanen niet alleen in de verste delen in Afrika, Latijns-Amerika en het Verre Oosten, maar ook in Duitsland, Frankrijk en de Verenigde Staten.

In de Oekraïne heb ik Oekraïense Koreanen ontmoet die daar al generaties lang wonen. Ze eten Koreaans voedsel zoals een soort *kimchi* (een Koreaanse groentesalade) en spreken Koreaans. In Noordoost-China wonen Chinese Koreanen. In Centraal-Azië, Oezbekistan, Tadzjikistan en Kazachstan wonen autochtone Koreanen. In Japan alleen al leven meer dan 600.000 Koreanen. Het merendeel van hen is in Japan geboren en getogen. In de tijd dat Korea een kolonie van Japan was, kwamen veel Japanners naar dat land; de wreedheden die door de geschiedenis heen begaan zijn op het Koreaanse volk, vooral recent, zijn niet uit het geheugen te wissen. Dit volk is systematisch en wreed vermoord; de Japanse strijdkrachten hebben Koreaanse vrouwen meedogenloos en op grote schaal misbruikt. (Lee 2008)

Het christendom is in Korea nog betrekkelijk jong. In de laatste honderd jaar heeft Korea een snelle kerstening meegemaakt. Tegenwoordig is iets meer dan dertig procent van het Koreaanse volk christen. (Johnstone & Mandrijk 2001)

Als ik door een willekeurige Zuid-Koreaanse stad rijd, zie ik langs de straat gebouwen staan met een kruis erop. Soms zijn de kerken maar vijfhonderd meter van elkaar verwijderd. De grootste volle-evangeliegemeente, met bijna één miljoen leden elke zondag, is

De migranten van zegen

Yoido in Zuid-Korea. De kerk werd in de jaren vijftig van de vorige eeuw gesticht door Dr. David Cho.

Uit de statistieken blijkt dat Zuid-Korea meer zendelingen uitzendt dan welk ander land ook, met uitzondering van de Verenigde Staten. (Moll 2006) Er zijn twee manieren waarop Koreanen het Evangelie verkondigen en kerken stichten. De eerste is de klassieke manier om zendelingen uit te zenden naar andere landen; deze worden gesponsord door Zuid-Koreaanse kerken. Koreaanse zendelingen zijn nu bijna overal ter wereld te vinden: Afrika, Azië, het Midden-Oosten, de voormalige communistische landen, en Zuid- en Midden-Amerika.

Ik bewonder de ijver en het enthousiasme dat de Koreanen hebben voor het Evangelie, ook al kennen ze de taal en de cultuur niet van de landen waarheen ze worden uitgezonden. Miljoenen Koreanen bijvoorbeeld overstelpten de vroegere Sovjet-Unie met gebeden. Na de val van het communisme investeerden Koreaanse christenen grote geldbedragen, middelen en mankracht om deze landen met het Evangelie te bereiken.

Koreaanse zendelingen strekken zich nu uit naar de moslimwereld. Persoonlijk ken ik Koreanen die huis en haard hebben verkocht om zendingsprojecten te ondersteunen of zendingswerk wereldwijd te sponsoren. Ik heb mijn leven aan Christus gegeven door de inspanningen en gebeden van het Koreaanse volk, en Koreanen hebben altijd mijn persoonlijke bediening gesponsord.

Een andere manier waarop de Koreanen het Koninkrijk van God promoten is via de markt. Er zijn Koreanen die in Canada, de Verenigde Staten, Australië, de ontwikkelde landen van Europa enz. wonen en daar werken. Het zijn zakenmensen, winkeleigenaars, restauranthouders of medewerkers van grote Koreaanse bedrijven in het buitenland. Om nog maar niet te spreken over hun betrokkenheid bij onderwijs en in academische kringen. Vaak zijn zij christen.

Ze zoeken elkaar op in die vreemde landen en beginnen Koreaanse gemeenten en kerken. Vaak sluiten ze zich aan bij grote kerken in hun thuisland om een geschikte pastor voor hun kerk of gemeente te krijgen. Ik noem die Koreanen die in het Westen of de moderne wereld wonen 'marktchristenen'. Door hun dienstverlening in de zakenwereld of andere sectoren van de maatschappij praktiseren zij hun christelijke geloof. Ik weet van Koreaanse christendokters die hun patiënten niet alleen met moderne medicamenten behandelen, maar ook voor hen bidden en hun het Evangelie van Jezus Christus aanbieden. Zo doen Koreaanse christenen in Duitsland prachtig werk: ze roepen geloofsgemeenten in het leven. Die Koreanen kwamen in de jaren zestig en zeventig van de vorige eeuw naar Duitsland, bleven daar en bouwden er een leven op.

Thans is er een enorme Koreaanse gemeenschap in Duitsland; zij vertellen hun mede-Koreanen het Evangelie en stichten Koreaanse kerken. Die kerken spelen een belangrijke rol in het stimuleren van locale Duitse kerken die vaak niet, of slechts langzaam, groeien. Ik heb een Koreaanse vriend, hij is pastor en woont in Duitsland. Hij doet fantastisch werk als bruggenbouwer tussen Koreaanse en Duitse evangelische gemeenten. Soms organiseren ze samen gospelfestivals: ze halen Duitse jongeren naar Korea om Duitse gospelmuziek te zingen op straat en in kerken en gemeenten – iets wat de Duitse gelovigen motiveert en inspireert. Vervolgens verzorgen Koreanen openbare lofprijzings-, aanbiddings- en dansevents in Duitsland. Met andere woorden: ze wisselen informatie, inspiratie en passie met elkaar uit, zodat zelfs de burgemeester van deze specifieke stad in Duitsland de Koreaanse christenen verwelkomt en hun gebouwen in de stad aanbiedt voor hun events en festivals.

Koreanen in Japan

Tegenwoordig wonen er zo'n 600.000 Noord- en Zuid-Koreanen in Japan. De meerderheid van hen is in Japan geboren en getogen. Zij vormen de derde- en zelfs vierdegeneratie migranten omdat de Japanse nationaliteit gebaseerd is op afkomst; die Koreaanse afstammelingen krijgen niet automatisch het staatsburgerschap. Eens een Koreaan, altijd een Koreaan. (Dit is heel moeilijk te begrijpen voor mensen in het Westen; in Europa of de Verenigde Staten is een derde- of vierdegeneratie Afrikaan automatisch een staatsburger en verkrijgt hij de Amerikaanse nationaliteit.)

Er is een aantal Koreanen dat genaturaliseerd is, en sommige kinderen uit huwelijken tussen Koreanen en Japanners zijn ook Japans staatsburger geworden. Bijna 1 procent van de 120 miljoen mensen in Japan is óf Noord- of Zuid-Koreaanse staatsburger; óf Japanse staatsburgers met een Koreaanse afstamming. (Lee 2008)

Na de annexatie van Korea in 1910 dwong het keizerrijk Japan Koreanen om hun onderdaan te worden. Het bezettende koloniale bestuur legde Korea strenge controles op. In de jaren twintig en dertig van de twintigste eeuw gebruikte Japan de Koreaanse grond voor de productie van rijst als exportproduct naar Japan. Dit leidde tot ernstige hongersnood en armoede in Korea; daarom verlieten Koreanen hun land in de hoop om in Japan werk te vinden en te ontkomen aan de armoede thuis.

Tussen 1939 en 1945 bracht Japan met geweld veel Koreanen naar hun eiland om er onder harde en onmenselijke omstandigheden te werken. Zo werden veel jonge Koreaanse vrouwen naar Japan gehaald om als 'troostmeisjes' te dienen – vrouwen die de Japanse strijdkrachten seksueel moesten bevredigen. Toen de geallieerden in 1945 Japan versloegen, woonden er naar schatting 2,3 miljoen Koreanen in Japan. (Lee 2008)

Maar velen, vooral de troostmeisjes, waren hun kuisheid kwijt en er restte hun niets anders dan in Japan te blijven. Tegenwoordig, zeventig jaar na dato, worden de Koreanen – de grootste minderheidsgroep in Japan – maatschappelijk niet geaccepteerd. Soms worden de Koreanen in Japan beschouwd als 'probleemgevallen' door de sensatiezoekende massamedia van Japan en ze worden nog steeds niet erkend als naaste buren die een unieke etnische cultuur hebben gecreëerd en gevoed. De Koreaanse minderheid lijdt ook onder discriminatie in banen, bijstand, woningen, onderwijs en maatschappelijke acceptatie.

Koreanen in Japan hebben geen recht op een uitkering van de Japanse regering. Met name vrouwen lijden hieronder wanneer er geen naaste familie is die hen kan ondersteunen. Vele bejaarde Koreanen in Japan wonen alleen. Omdat ze geen toegang hebben tot een basisuitkering, worstelen velen op hun oude dag om te overleven. Interessant echter is dat er, ondanks de discriminatie, veel christelijke Koreaanse kerken in Japan zijn, die zich uitstrekken naar het Japanse volk. Er zijn veel Koreaanse pastors en zendelingen die in de christelijke kerken daar dienen, die door Japanse christenen bezocht worden. Prachtig om te zien hoe Koreaanse en Japanse christenen samen de Heer aanbidden.

Alleen Christus kan twee naties, die zo vijandig tegenover elkaar stonden, aan de tafel van broederschap en liefde doen neerzitten om te vergeven en vergeven te worden.

De Koreanen in Japan geven opnieuw een goed voorbeeld van hoe God het gekoloniseerde land, in dit geval Korea, zegent om met het Evangelie het land te bereiken dat hen koloniseerde – net als de Joden deden in het Romeinse Rijk. Echt, zij zijn de migranten van zegen.

Conclusie

Je hebt De *migranten van zegen* gelezen – een boek waarin verhalen staan van mensen uit de Bijbel en van mensen die nu leven. Maar er zijn ook veel andere migranten. Migranten uit landen als India, Indonesië of Midden- en Zuid-Amerika die net zo belangrijk zijn als de migranten die in dit boek genoemd worden.

Wat jezelf betreft zijn er twee mogelijkheden: je bent migrant of je bent gastheer.

Als je migrant bent, dan daag ik je uit om bruggen te bouwen en het land te accepteren waarin je nu woont. Leer de taal en leer de cultuur kennen, maar buig je nooit voor de wereldse dingen die de cultuur van het gastland je biedt. Leid een waardig leven. Wees integer ten opzichte van autochtonen. Verwens hen nooit met je negatieve kritiek. Spreek nooit kwaad van hen. Als je een moeilijke tijd doormaakt als migrant en/of als je het moeilijk vindt je aan te passen, herinner je dan wat de Heer beloofd heeft:

Wie zich bij mijn volk aansluit,
moet niet zeggen:
De Heer zal mij wel afwijzen. (...)
En wie zich bij mijn volk aansluit,
een vreemdeling die mij wil vereren,
mij wil liefhebben en dienen, tegen hem zeg ik:
Als je de sabbat in ere houdt
en het verbond met mij trouw blijft,
dan zal ik je naar mijn heilige berg brengen.
In de tempel waar je mij komt aanbidden,
zal ik je blij verrassen:

de offers die je op mijn altaar brengt,
zal ik van harte aannemen.
Mijn tempel zal heten:
Tempel waar alle volken komen bidden.
(Jes. 56:3, 6-7, GNB)

God hoort de schreeuwen van migranten. God accepteert hun gebeden en vervult hun behoeften als ze zich verbinden aan Jezus Christus, de Heer. Net als de Israëlieten in Egypte, waren zij een migrantenvolk in een land. De Egyptenaren maakten hen tot slaaf en misbruikten hen. God hoorde hun geschreeuw en zond Mozes naar hen toe om hen te bevrijden. Voor de migranten van nu: de Heer heeft jullie schreeuwen gehoord en Hij heeft jullie iemand gezonden die groter is dan Mozes: Jezus Christus. Als jij je aan Hem verbindt, zal Hij je vrijmaken. Hij zal je naar de top brengen en je helpen je dromen te verwezenlijken. Ik ben een levende getuige en een levend getuigenis hiervan.

Als migrant moet je begrijpen dat je een dubbele zegen hebt; daarom zullen je gebeden krachtig en effectief zijn. Dien de Heer en probeer zoveel mogelijk zielen te bereiken. Spreek tegen hen, niet door woorden maar door daden en door je leven. Je bent niet maar gewoon een migrant. Je bent een door God gezonden ambassadeur van het land waar je nu woont.

De gelovige gastheren moeten beseffen dat migranten de deur vormen voor een opwekking in hun land. Strek je uit naar de migranten en getuig door je daden naar hen toe. Help hen als ze hulp nodig hebben. Leid hen als ze leiding nodig hebben. Doe alles wat in je vermogen ligt om je uit te strekken naar migranten. Verander hen van gewone migranten in de migranten van zegen. Erken en zegen ook het bestaan van migrantenkerken en -gemeenschappen in je land. Als je dat doet, dan zal God jou en je land zegenen.

Door je nederig aan hen te verbinden en met hen te werken zal God je land zegenen. Hij zal de bolwerken in je land neerhalen en de vroegere zonden van je land vergeven. De Heilige Geest zal je land bezoeken. Vergeet niet dat, net als jezelf, de migranten van zegen de kinderen van Abraham zijn. Ook al aanbidden en bidden ze anders, ze geloven allemaal in de Here Jezus Christus en in de kracht van de

Conclusie

Heilige Geest. Vergeet niet wat God beloofd heeft aan Abraham, de vader van volken en de grootse migrant van zegen:

> *Ik zal u tot een groot volk maken, u zegenen en uw naam groot maken; en u zult tot een zegen zijn. Ik zal zegenen wie u zegenen, en wie u vervloekt, zal Ik vervloeken; en in u zullen alle geslachten van de aardbodem gezegend worden.*
>
> *(Gen. 12:2-3)*

Sluit hen niet buiten. Verwerp hen niet. Vergeet niet dat Jezus heeft gezegd:

> *Mijn huis zal 'Huis van gebed' heten, voor alle volken.*
>
> *(Mark. 11:17, GNB)*

Ik wil afsluiten met dit waargebeurde verhaal

Elke keer dat ik voel dat ik trots word of dat ik nederiger van hart moet worden, ga ik een migrant bezoeken. Meestal komt een Afrikaanse broeder naar het podium tijdens de eredienst of een conferentie. Dikwijls kies ik degene uit die bemoediging nodig heeft. Vervolgens pak ik een emmer warm water en een handdoek, en was de voeten van deze migrant. En terwijl ik zijn voeten was, zie ik tranen over zijn wangen biggelen. Dan droog ik zijn voeten af met de handdoek, en ik vertel hem dat God van hem houdt en dat hij, net als ik, zal slagen. Ik vertel hem dat ik in dezelfde positie ben geweest als waarin hij zich nu bevindt.

Ik vertel hem dat als ik het kon, hij het ook kan. Beiden zijn we immers door Christus kinderen van de Allerhoogste God. Beiden zijn we nakomelingen van Abraham. Beiden zijn we de migranten van zegen.

Bibliografie

Anderson, Allen. *An Introduction to Pentecostalism* (Cambridge, UK 2004).

Johnstone, Patrick en Jason Mandrijk. *Operation World: 21st Century Ed.* (Carlisle, UK 2001).

Lee, Samuel. *Understanding Japan through the Eyes of Christian Faith.* 2e druk (Lincoln 2008).

Moll, Rob. 'Missions Incredible' in: *Christianity Today,* maart 2006. *www.christianitytoday.com.*

Overseas Filipino. Wikipedia. *www.wikipedia.org,* maart 2008.

Pentecostal Power: a new poll sheds light on this fast-growing global religious movement. Pew Research Center Publications. *www.pewresearch.org,* oktober 2006.

Yoido Full Gospel Church. *www.fgtv.com,* maart 2008.

ti